슬픔장애재활클리닉

슬픔장애재활클리닉

2014년 5월 7일 초판 1쇄 발행
지은이 · 한차현

발행인 · 박시형 | 편집인 · 정해종
마케팅 · 권금숙, 김석원, 김명래, 최민화, 정영훈
경영지원 · 김상현, 이연정, 이유하, 김현우

펴낸곳 · (주)쌤앤파커스 | 임프린트 · 박하
출판신고 · 2006년 9월 25일 제406 -2012 -000063호
주소 · 경기도 파주시 회동길 174 파주출판도시
전화 · 031-960-4800 | 팩스 · 031-960-4806 | 이메일 · info@smpk.kr

박하는 (주)쌤앤파커스의 임프린트입니다.
박하는 당신의 가슴에 봄꽃처럼 책이 만개하고 아름다운 지식의 향기가 배어나는 날까지, 참신하고 생명력 있는
콘텐츠를 만들기 위해 눈과 귀와 마음을 열겠습니다. | 원고투고 book@smpk.kr

슬픔장애재활클리닉

한차현 장편소설

박하 BAKHA PUBLISHERS

떠나는 사람은 슬프지 않다. 남은 사람이 슬플 뿐이다.

아우렐리우스 『명상록』

차례

01   우리는
        어디서 왔으며   Doù Venons Nous?
        누구이며   Que Sommes Nous?
        어디로 가는가?   Où Allons Nous?*

    여자는 손예진을 닮았다. 〈클래식〉의 2003년 손예진이 아니라 〈아내가 결혼했다〉의 2006년 손예진을 닮았다. 〈오싹한 연예〉를 찍던 2011년 손예진보다는 〈무방비도시〉를 찍던 2007년 손예진을 더 닮았다. 여자가 각각의 손예진들을 닮았다는 의견에 여자와 손예진은 동의하지 않을 것이다.

    103호를 찾은 문상객이다. 〈아내가 결혼했다〉와 〈무방비도시〉에 장례식장을 배경 삼은 장면이 있었는지 모르겠다. 짙은 남색 치마는 구김 없이 단정하고 어깨까지 내려오는 머

---

* 고갱의 1897년 작품.

9

리칼은 검고 윤기 있으며 이마는 반듯한 데다 새하얗다. 신문사에서 보낸 국화 화환처럼 마루 구석에 홀로 상을 받은 여자가 일회용 스티로폼 그릇에 담긴 육개장을 떠먹는다. 단정히 허리를 펴고 앉아 식은 생선전을 집어먹고 편육에 김치를 얹어 우물우물 씹는다. 천천히 신중하게, 뒷골목의 숨은 맛집을 평가하는 텔레비전 속 호텔조리학과 교수처럼. 강동제생병원 9시 40분. 영안실은 대체로 한산하다. 소주 한 병을 놓고 한 시간가량 앉아 조곤조곤 떠들던 104호의 젊은 회사원들은 방금 전에 자리를 떴다. 주방과 음료수 냉장고 사이 구석자리. 검은 상복 저고리의 중년 여인 세 명이 가시덤불처럼 웅크려 있다. 신경질적인 곡소리가 간헐적으로 이어지고 누군가 다른 누군가의 어깨를 세차게 다독인다.

"누굴까요."

"문상객."

"……."

"뭐가 궁금한 건데."

"궁금하다기보다."

"가서 말 붙여봐. 강아지처럼 낑낑 애태우지 말고."

"뭐라고 말을."

"위로가 필요하냐고. 위로 말고 밑으로도 해줄 수 있다고."

"관둬요."

"예쁘긴 예쁘다."

103호 고인은 31세 남성이었다. 이틀 전 새벽에 소주 두 병을 마신 뒤 스타렉스에 연탄불을 피우고 운전석에 누워 천천히 죽어갔다. 세상의 자살자 유가족들이 대개 그렇듯 고인이 어째서 극단의 선택을 해야 했는지 쉬 납득 못하는 분위기들이다. 당최 무슨 사연이 있었기에. 개인 부채 8천만 원을 가진 청년 실업자가 대한민국에 한두 명도 아니고. 남색 치마 하얀 이마의 손예진. 누굴까. 103호 주인공과 어떤 사이였을까. 가족은 아니다. 친척 같아 보이지도 않는다. 건당 7만 원짜리 문상객 아르바이트 같지도 않은데, 맞는다면 유능한 데다 책임감 투철한 알바임에 분명하다.

내내 혼자였다. 밤늦어 더욱 한적한 장례식장 구석. 오랜 식사를 마친 뒤에도 꼿꼿이 허리를 펴고, 맞은편에 누군가 있어 그와 마주하고 있는 것처럼 시선을 정면에 고정한 채 내내 앉아만 있다. 복어의 독 같은 슬픔에 중독되었는가. 슬픔이 깊어 생각마저 잃고 말았는가.

"11시네. 일어나자고."

"……먼저 가세요."

"더 나올 것도 없을 텐데."

"곧 뒤따라갈게요."

"아, 저 여자?"

"꼭 그렇다기보다."

"지치지도 않냐. 온종일 장례식장 투어를 하고서는."

"……."

"들어갈게. 내일 봐."

"멀리 안 나가요."

"잘 해라. 애위사 명예를 걸고."

"잘 하긴 뭘."

"애쓰지 마. 내 말은, 너무 심하게는 애쓰지 말라고. 내일 오후에 안양 가는 거 알고 있지?"

"그럼요. 879번째 의뢰인."

자정 가까운 시각에 한 무리의 문상객들이 들이닥쳤다. 104호를 찾은 이들이다. 술을 마시고 왔는지 하나같이 목소리가 크고 거침없었다. 부지런히 영정을 만나고 온 이들이 자리를 잡고 앉아 포커 패를 돌리고 맥주병을 땄다. 내내 조용하던 장례식장에 간만에 사람 소리가 넘쳐났다. 혼자된 차연이 처음부터 혼자였던 여자를 계속 힐끔거렸다. 새로 길들인 취미를 즐기듯. 여자는 처음 앉은 그 자리에 처음 앉았던 그 모습 그대로 앉아 있다. 기억하기로 11시 20분쯤

한 번 일어나 십여 분 자리를 비운 게 고작이다. 그 틈새를 파고들어 민첩하게 다가가거나 말을 걸지는 못했고 같은 기회는 영영 다시 찾아오지 않았다. 여자가 밤을 꼬박 새울 줄 알았다면, 일찌감치 미련을 버리고 이언을 따라 그곳을 벗어났을 것이다. 진정 그 사실을 미리 알았더라면.

날이 밝았다. 밤새 카드를 돌리던 이들이 부스스 일어나 사우나를 하러 떠나가는 시간. 주방 쪽에서 새로 장만해온 국과 반찬 냄새가 진동하는 아침 7시 40분. 마침내 여자가 일어섰다. 상 모서리를 짚고 허리를 펴다가 비틀, 균형 잃은 상체가 아주 잠깐 흔들렸다. 구겨진 치마 앞단을 손바닥으로 두어 차례 쓰다듬는다. 아이고……. 목 쉰 곡소리가 어디에선가 나직이 이어지고 있다. 달그락. 마루에서 내려선 여자가 굽 높은 갈색 힐을 신었다. 그 뒷모습이 복도 오른편으로 유유히 사라졌다.

7월 말 여름. 이른 아침부터 햇살은 시리도록 명징했다. 병원 후문으로 나선 차연이 순간 아찔한 공허에 빠져든다. 여자를 놓치고 만 것이다. 황망히 사방을 둘러본다. 어디 갔지. 여기 아니면 길이 없는데. 길 건너, 하늘색 간판의 편의점 앞을 지나는 여자의 남색 스커트를 찾아낼 수 있었다. 경쾌한 걸음걸이. 또각또각 명징한 발소리가 여기까지 들려오는 것 같다.

지하철 5호선 답십리 역.

부지런히 계단을 타 내려갔다. 7, 8미터 앞 여자의 뒷모습을 눈으로 좇으며 개찰구 안으로 따라 들어섰다. 열차가 도착하는 기척이 들려오고 여자의 걸음이 조금 빨라진다. 승강장에 모여 선 사람들 속에 우르르 섞여 열차로 들어섰다. 다행히 마포 방면이다. 반대 방향이었다면, 이후 회사까지 돌아올 출근길이 더 멀어졌을 것이다. 문이 닫히고 열차가 움직인다. 이제 돌이킬 수 없는 상황이 되었다. 출입문 오른편에 여자가 손잡이를 잡고 서 있다. 그 곁으로 한 걸음 다가갔다.

"안녕하세요."

천천히 고개를 돌린다. 당신은 누구인가요. 무심히 묻는 얼굴. 차연이 다시 목소리를 높였다. 우연한 재회에 놀란 감정을 충분히 실어서.

"혹시 저 기억하세요? 104호 조문객이었는데."

104호 고인은 폐암으로 숨진 53세 여인이었다. 유가족은 영등포 대입학원에서 수학강사로 일하는 57세 남편, 전자제품대리점에서 근무하는 31세 아들 내외와 돌 지난 손녀

딸(장례식장에는 오지 않았다), 호주에서 유학 생활을 하다가 급거 귀국한 26세 딸. 103호의 경우가 그러하듯, 애위사 직원으로서 장차 다시 만날 가능성은 12분의 1도 되지 않을 대상자들이었다.

"강동병원 영안실. 거기 오셨던 분 맞죠? 103호에서 밤새신 분."

경계심이라기보다 어딘지 귀찮은 표정. 간밤에 멀찌감치 지켜봤던 모습과는 뭔가 조금 다르다. 키는 생각보다 작다. 얼굴은 생각보다 크다. 머리숱은 생각보다 적고 피부가 생각보다 거칠다. 전체적으로, 생각보다 나이 들어 보인다. 어쨌거나 상관없는 일이다.

"아까 보니까, 아침을 안 드시고 가시는 것 같아서요. 사실은 저도 그렇거든요. 그러니까 이렇게 된 김에, 어디서 식사나 같이 하시면 어떨까 싶어서."

열차 안의 호기심 충만한 시선들이 하나, 둘, 셋, 넷, 이편으로 모여든다. 고개 돌려 여자를, 더불어 차연을 힐끔거린다. 키 작고 얼굴 큰 손예진은 아직 한 마디도 하지 않고 있다. 고맙게도 차연을 피해 다른 곳으로 걸음을 옮기지는 않는다. 열차가 청구 역에 멈추었다. 승객 몇을 더 싣고는 다시 천천히 속도를 높인다.

"어떠세요. 같이 아침을."

차연이 집요하게 웅얼거렸다. 진정 배고픈 사람처럼.

"아침이라."

마침내 여자가 반응했다.

"그런데, 왜요?"

"기념으로요. 같은 장례식장에서 만난."

"……."

"만났다기보다, 같이 하룻밤을 새운 기념?"

을지로4가 역. 열차가 출입문을 활짝 열었다. 여자가 그 밖으로 냉큼 걸어 나갔다. 차연이 따라 내렸다. 정어리 떼 같은 시선들이 그 뒷모습을 부지런히 쫓았다.

종로 2가. 이른 식사를 할 만한 곳은 적지 않았다. 문제라 면 말을 섞은 지 이십 분밖에 되지 않는 여자와 함께 하기에 무리 없는 아침 메뉴를 찾는 일이었다. 그리고 오래지 않아 깨달았다. 그런 건 세상에 없어.

24시간 문을 여는 프랜차이즈 설렁탕 전문점. 분유를 탔 는지 지나치게 뿌얀 설렁탕 국물을 여자는 묵묵히 떠먹었 다. 영안실 구석자리에서 홀로 신중하게 육개장을 밥을 말 고 편육에 김치를 싸먹던 장면 그대로다. 지나치게 천천히 밥을 먹는 사람들은, 어딘지 슬프다. 옆 테이블에 반 접힌 일간지가 누워 있다. 식사를 마친 차연이 일없이 신문을 집어 뒤적인다. 그저께 신문이다. 여자가 수저를 내려놓았다. 갓 놓인 설렁탕 뚝배기에 파와 소금을 넣던 때와 달라진 게 조금도 없는 얼굴이다.

"뭐 하나 여쭤 봐도 되나요."

"……."

"대답하기 싫으시면 안 하셔도 상관없습니다. 당연한 소리겠지만."

"뭔데요."

"고인하고는, 음, 어떻게 되는 사이셨나요."

여자가 눈을 감았다. 그리고 삼 초 후에 떴다. 그러고 보면 눈을 감은 게 아니라 천천히 깜빡인 것 같기도 했다.

"가족은 아닐 테고, 친구 사이도 아닌 것 같고."

"왜 그렇게 생각하시나요."

"……젊은 분이더군요. 지나가는 이야기를 들었어요. 그래서…… 그런 게 왜 궁금하냐고 물으시면 할 말은 없지만."

"나쁜 사이는 아니었지요."

"예에."

"아주 가깝다고 할 정도도 아니고."

"......"

"작년 5월에 처음 만났어요. 그새 일곱 번 정도 봤을까."

"감동했습니다."

"어째서요."

"누군가를 위해, 혼자 밤을 새워가며 간절히 애도해주는 그 마음."

"그쪽은요."

"저 같은 경우는, 아, 물론 마찬가지죠. 죽은 이가 있고 그를 추모하는 자리에 있다면, 고인을 애도하지 말아야 할 이유란 세상 어디에도 없으니까."

노란 앞치마를 한 점원이 다가와 손님 떠난 옆 테이블을 치우고 닦고 정리한다. 그러고 보니 식당 안은 두 사람뿐이다. 아침 8시 30분. 느긋하게 노닥거릴 시간이 아니다. 지갑에서 네모나고 빳빳한 종이 한 장을 꺼내, 어지럽혀진 설렁탕 뚝배기와 깍두기 접시들 너머로 고이 건넸다.

슬픔을 · 넘어서는 · 마음의 · 힘
애도와 위안의 사람들

사업기획팀/차장   한차연

121-050 서울시 마포구 마포동 324-3 경인빌딩 3F
Tel 02-××××-×××× Mobile 010-4304-5950
Email h70@dreamwiz.com

"한차연이라고 합니다."

얼결에 명함을 받아 쥔 세상 사람들이 으레 그렇게 하듯, 반사적인 무관심과 의례적인 호기심의 중간쯤에 해당하는 얼굴로 거기 적힌 글자들을 읽는다. 명함이라니, 그다지 좋은 선택은 아닌 것 같아. 그런데 맙소사 놀라운 일이 벌어졌다. 뜨악하던 그 얼굴이 조금 환해진 것이다.

"여기서 일하세요?"

생각 못한 반응이었다.

"그렇습니다. 아세요?"

"알지요. 애위사. 들어봤어요."

"……정말?"

"그렇다니까요."

"에이, 설마."

"진짜에요. 내가 거짓말을 뭐 하러 해. 와, 신기하다."

첫 출근해 명함을 판 게 아마도 사 년 전 늦가을이다. 그간 만났던, 얼굴도 기억나지 않는 사람 얼굴은 기억나는 사람 얼굴만 기억나는 사람 얼굴도 기억나는 사람들에게 공평하게 한 장씩 건넨 명함이 족히 3천 장은 넘을 것이다. 그런데 이런 답변, 알지요 들어봤어요 와 신기하다, 는 가히 처음이었다.

"아니 그런데, 어떻게 아셨어요? 유명한 데도 아닌데."

"KBS에서요. 9시뉴스에 만날 나오잖아."

"이거 보세요."

"책에서 봤던가? 토마스 만? 찰스 디킨스?"

"……."

"아는 분이 이야기해줬어요."

"아는 분? 누가요?"

"그건 말 안 할래요."

여자가 잔을 들어 찬물 한 모금을 마셨다. 그리고 고개를 끄덕였다. 이제야 뭘 좀 알 것 같다는 듯.

"그렇구나. 어제 장례식장에는 그러니까 일을 하러 오신 거군요. 업무상으로. 그런 거죠?"

누군가 신기하다고 종알거릴 사건은 왜 늘 예상치 못한 순간에 찾아오는가. 거의 동시에 떠오르는 장면이 있었으니 그저께 오후였다. 외근 마치고 사무실로 돌아가던 길. 버스가 정류장에 멈춰서고, 차내 스피커에서는 80년대 발라드 가요의 첫 소절이 시작되고, 창가 자리에 앉아 스마트폰을 바라보는 중이었다. 011-768-××××. 세인출판사 대표 이희용 별세. 23일 11시 발인. 경기도 의왕시 주흥병원 장례식장. 근조연합통신에서 유료로 서비스되는, 하루 스무 통도 넘게 보내오는 문자였다.

신호를 기다리던 버스가 승강장을 막 벗어나는 순간, 스마트폰에서 시선을 들어 별 이유도 없이 창밖을 바라보았다. 송파동 무슨 여자고등학교 근방. 3시 27분이라고 하면, 4시 21분이라고 하면 대충 그렇겠거니 믿을 만한 시간. 승강장의 화장품 광고판 한가운데 서 있던 누군가와 잠깐 눈이 마주쳤다. 일 초도 되지 않는 짧은 순간이었다. 아마 그녀도 다른 곳을 바라보거나 다른 생각에 빠져 있다가 문득 고개 들어 차연과 눈이 마주쳤을 것이다. 모든 게 확실치 않았다. 예의 순간이 바람처럼 사라져가고, 차창 밖 광고판 구석에 한 여자가 서 있었으며 그녀와 아주 잠깐 눈이 마주쳤던 상황 또한 흔적도 없이 사라지고 말았으니까. 더없이 사소한 찰나의 잔영이, 그럼에도 좀처럼 머릿속에서 떠나지 않았다. 청바지를 입었던가? 주홍빛 립스틱을 발랐던가? 긴 생머리였던 것은 분명한데. 그런 것 같은데.

지난 십일 년 동안 간절하게 찾아 헤맸던 사람이, 바로 그녀였다

면,

정녕 그렇다면, 이를 어찌해야 할 것인가?

버스는 떠나고 순간은 사라졌다. 더 이상 뭘 어떻게 할 수 있을까. 당장 버스에서 뛰어내려 아까 그 장소까지 거슬러

달려간다면, 기다리던 버스가 여자를 태우고 사라졌을 가능성은 얼마나 될까. 요행히 그녀가 떠나지 않았다면, 정류장의 많은 사람들 속에서 그 얼굴을 문제없이 식별해낼 수 있을까. 정말 별일이야. 장례식장의 손예진에게 애위사를 소개해준 사람은 누구였을까.

"이상하다. 어디 갔지?"

"뭐가요."

"내 핸드폰이."

개운치 않은 얼굴로 바지주머니 이곳저곳을 뒤적뒤적. 하지만 찾는 물건은 나오지 않았다. 잠깐만요, 중얼거린 차연이 방금 나왔던 설렁탕집으로 들어갔다. 여자가 묵묵히 차연을 기다린다. 7월 아침볕이 환하다. 출근길을 서두르기에 적합한 날씨가 아니다. 오래지 않아 차연이 나왔다. 여전히 개운치 않은 얼굴이다.

"있어요?"

"없네요. 장례식장에 놓고 왔나."

"전화 걸어봐요."

"전화가 있어야죠."

여자가 건네는 핸드폰을 받아든 차연이 잠깐 궁리한다.

자기 자신에게 전화를 거는 일은 늘 익숙지가 않다. 궁리 끝에 11자리 숫자를 열심히 눌렀다. 그리고 전송.

"어?"

밝은 벨소리가 울려 퍼진다. 멀지 않은 곳이다. 차연이 바지주머니에서 핸드폰을 꺼냈다. 그리고 벨소리만큼이나 밝게 맑게 외쳤다.

"아, 이게 여기 있었네!"

그 꼴을 지켜보던 여자가 입술을 일그러뜨렸다.

"⋯⋯지금 전화번호 딴 거예요?"

02 안녕, 모두 잘 있어요
이제 조금씩
나를 잊어가겠지만,
원망 같은 건
하지 않을 거예요

　2001년형 흰색 무쏘가 주차선 안에 얌전히 몸을 밀어 넣는다. 오후 3시 8분. 안양 석수동 우영아파트. 세 사람이 차에서 나왔다. 여자 한 명 남자 두 명. 숨이 턱 막힌다. 무더운 날씨다. 오래된 아파트 단지 안에 오후의 정적이 가득하다. 엘리베이터 없는 5층 아파트의 5층. 타닥타닥 계단을 타 오르던 발소리들이 한참 만에 멈추었다.
　503호. 현관문은 열려 있다. 879번째 의뢰인 조일래 씨가 세 사람을 맞는다.
　"오셨습니까."
　비대한 체구의 그가 어깨로 가슴으로 숨을 쉰다. 5층까지

막 걸어 올라온 이가 바로 본인이라는 듯. 살찌고 슬픈 사람의 얼굴은 민망하다. 마주하기 괴로울 정도다.

무영이 한 발 나서며 인사했다.

"늦었습니다. 식구들 모두 계시죠?"

"물론입니다."

집안에 들어섰다. 헐렁한 실내복을 입은 여인이 마루 한가운데 유령처럼 서 있다. 아빠만큼이나 통통한 체형의 남자아이가 그녀 뒤에서 눈치를 살핀다. 민서의 엄마 배승희 씨고 오빠 민효일 것이다. 스물두 평 아파트 거실 한가득, 슬픔과 우울의 기운이 설탕물 자국처럼 한약 달인 냄새처럼 찐득하게 고여 있다.

"안녕하세요. 애위사에서 나왔습니다. 어머니, 많이 힘드시죠?"

은원이 그녀에게 다가가 살가운 애도의 인사를 건네었다. 여인은 대꾸가 없다. 한숨을 쉬지도 고개를 젓지도 않는다.

"그래서 저희가 왔어요. 이제 그만 민서 놓아주시라고. 그런 힘을 이제 좀 내시라고. 아시겠지요?"

주황색 고글을 쓰고 큼직한 헤드폰을 낀 차연이 마루를 오락가락 서성인다. 손에 들린 금속 막대가 마루 구석과 소파 밑과 창가를 스쳐갈 때마다 전파탐지기의 신호음이 빨려졌다 느려지기를 반복한다. 잃어버린 반지를 찾는 사람처럼 마룻바닥에 엎드려 기웃기웃 한참을 궁리한다. 마침내 일어선 그가 검지로 허공에 작게 원을 그린다. 3인용 소파의 오른쪽 구석 자리다.

"저쪽이 좋을 것 같아요."

무영이 고개를 끄덕였다.

"죄송하지만 가족 분들 잠깐 자리를 비켜주세요. 준비하는 데 이십 분 정도 걸립니다."

조일래 씨가 연신 이마의 땀을 닦아냈다. 긴장한 얼굴이다. 세 가족이 안방으로 쫓겨 가고 세 명의 방문객은 바빠진다. 소파를 치우고 마룻바닥의 먼지를 훔치고 붉은색 카펫을 깐다. 준비해온 천으로 창문을 막자 거실 안이 일순 어둑해졌다. 촛불들이 둥글게 원을 이룬 카펫 위에 작은 자개상이 놓였다. 바람 없이 일렁이는 스물두 개의 불빛들. 부드러운 백단향 냄새. 사탕과 쿠키를 쌓아올린 작은 접시 위에 촛불 그림자가 찰랑찰랑 흔들린다.

아빠와 엄마와 오빠가 마루로 불려나왔다. 생경해진 마루 풍경에 그 얼굴들이 한층 어두워진다. 조일래 씨가 후우, 깊은 숨을 내뱉으며 이마의 땀을 닦았다.

"이쪽으로 앉아주세요."

머뭇거리는 세 사람의 손을 잡아끌어 카펫 주변에 앉힌다. 아빠 곁에 차연이, 차연 곁에 엄마가, 엄마 곁에 무영이, 무영 곁에 오빠가, 오빠를 앉힌 은원이 그 곁에 앉았다. 촛불 바깥으로 여섯 사람이 둥글게 원을 그렸다. 서로의 손과 손을 꼭 잡아 쥐었다. 민효가 훌쩍, 콧물을 들이켰다. 붉은 카펫과 백단향, 촛불 스물두 개가 발산하는 분위기 때문이다. 자리를 잡느라 부산해진 촛불의 일렁임이 가라앉기를 기다려, 은원의 차분한 목소리가 이어졌다.

　"민서를 마지막으로 만나는 날이에요. 정식으로 헤어지는 자리죠. 민서를 위해서, 남은 사람들을 위해서. 우리 모두가 더 이상 불행해지지 않기 위해서 말예요."

　정적. 불편한 정적. 조일래 씨가 크흐읍, 숨을 들이마셨다.

　"모두 마음을 모아주세요. 마음을. 간절한 마음을."

　땡.

　작고 카랑한 종소리가 길게 이어진다. 끊어질 듯 이어지며 조금씩 멀리 사라진다. 꼬리가 가늘고 긴 짐승처럼 사뿐사뿐히.

　땡.

　무영이 다시 두 번째 종을 쳤다. 둥글고 모난 쇳소리가 다시 길게 이어졌다. 꼬리를 끌며 마룻바닥으로 천천히 스며든다. 이윽고 세 번째 종소리.

땡.

　여섯 살 민서가 죽은 게 한 달하고 나흘 전이다. 금요일. 여
주수련장을 향해 달리던 은광유치원 승합버스가 중앙선을 넘
어온 8톤 트럭에 옆구리를 부딪치며 논두렁으로 네 바퀴 반
굴렀다. 버스에 타고 있던 열여덟 명 가운데 인솔교사 최이선
씨와 유치원생 네 명이 즉사했다. 민서의 시신은 운전석 옆자
리에서 엎드린 채 발견되었다. 몇 시간이 지난 4시 47분, 안
양 석수동 우영아파트 단지 입구의 해피마트 수산물코너 앞
에서 핸드폰을 받은 배승희 씨는 카트 손잡이를 놓치며 풀
썩 주저앉았다. 함께 장을 보러 간 403호 쌍둥이엄마 진재
경 씨가 아니었다면 실신해 쓰러지고 말았을 것이다. 그날
부터 503호 세 식구는 예전에는 그런 게 있는지조차 몰랐던
불가해하고 부조리한 삶의 방식을 꾸역꾸역 받아들여야 했
다. 사람들 누구나 충분히 이해할 수 있다고 말하는, 그러나
그 입장이 아니고는 절대 이해할 수 없는 일상의 지옥. 총
일곱 차례에 걸친 유가족들과의 만남. 유가족 대표 승률이
아빠의 담뱃진 찌든 입 냄새와 짧고 두꺼운 손가락. 합동영
결식. 화장장. 납골가족묘. 삼우제. 끔찍하게 따라붙던 언론
기자들. 사망신고서를 작성하고 보험사 직원을 만나고 주인

없는 아이의 방을 정리하고. 고통스럽고 때로 모욕적인 요식 절차를 끝내고 '일상으로 돌아오니' 고작 열이틀이 지나 있을 뿐이었다. 일상으로 돌아간다는 것은 다만 표현이 그러할 뿐 가능한 일이 아니었다. 돌아갈 만한 예전의 일상 같은 것은 존재치 않았다. 같은 아픔을 공유한 이들. 이런 때일수록 서로에게 의지가 되어주어야 할 가족은 서로의 손톱 속 깊이 박힌 가시 같은 존재가 되고 말았다. 함께 모여 식사를 하는 시간조차 허리가 뒤틀리도록 고통스럽고 불편했다. 진정 비극적인 사건은 아직 시작도 되지 않은 것만 같았다.

무영의 주문이 시작되었다.

입술을 달싹여 내뱉는, 들릴락 말락 잦아드는 음성. 이른 새벽 일 나가는 뱃사람의 노랫소리 같다. 비 오는 오후 숙소에 드러누운 일용직 노동자의 웅얼웅얼 혼잣말 같다. 새벽 2시 초소에 쪼그려 앉아 총구를 입에 넣은 이등병의 나직한 흐느낌 같다. 문자로 옮겨 적기가 불분명한 발음들이 나직하게 혼을 불러들인다. 질끈 눈을 감은 사람들의 얼굴 위에 불안한 슬픔의 그림자가 어룽거린다.

주문을 멈춘 무영이 문득 입 열었다.

"지금 이곳에 있습니다. 지금…… 바로 이곳에."

심야의 라디오 디제이와 같은 속삭임. 왕십리 철학관을

삼십이 년째 지키고 있는 화엄골 연화도령, 모친 지승옥 여
사로부터 물려받는 신기랄까 분위기가 여느 무속인 못지않
은 무영이었다. 주문이 다시 이어졌다. 아까보다 조금 빨라
지고 또 격해진다. 유가족들의 손을 다정히 잡은 차연과 은
원이 앉은 채 몸을 흔든다. 무영의 주문에 따라 좌로 우로
몸을 움직인다. 가족들이 그 움직임에 몸을 맡긴다. 눈 감은
무영이 천천히 고개를 쳐들었다.

"우리 곁에 왔습니다. 아주 가까이 있어요."

밝고 환한 얼굴. 잠에서 막 깨어 꿈 이야기를 하는 아이처
럼 촉촉한 목소리다.

"안 느껴지나요? ……엄마 보세요. 내가 왔어요. 민서가
돌아왔어요! 지금 그렇게 인사하고 있네요."

이이. 이이.

껍데기만 갖다 놓은 듯 넋을 놓고 있던 배승희 씨가 억눌
린 울음을 길게 토해낸다. 그 어깨가 파들파들 떨린다. 은원
이 가슴 깊이 그녀를 품었다. 가볍게 토닥거려준다.

이이. 이이이.

살진 얼굴을 잔뜩 찡그린 조일래 씨가 주륵 주르륵 눈물
을 흘린다. 열이틀 만에 직장으로 돌아갔던 그는 집 밖 세상
역시 더 이상 예전과 같을 수 없음을 실감해야 했다. 스스럼

없던 직장 동료들은 회사 대표의 아버지를 대하듯 그를 어려워했다. 휴직서를 준비하고 책상을 정리하다가, 메일함에 쌓인 150여 통의 스팸메일 속에서 애위사로 향하는 통로를 발견했다. 이를테면 그것은 이런 글귀였다.

사랑하는 이를 갑자기 잃었을 때,
그 슬픔 그 허무를 어떻게 극복할 수 있을까요?
세상 누가 우리의 고통을 위로해줄 수 있을까요?
슬픔을 넘어서는 마음의 힘.
애도와 위안의 사람들.

열한 살 민효가 엄마 아빠를 따라 울기 시작했다. 초등학교 3학년 남자아이가 받아들일 수 있는 죽음은 그야말로 사전 속 불가해와 부조리라는 단어의 느낌 그 자체였다. 언젠가 다시 한 번쯤 민서를 만날 수 있겠지 싶은 기대는 왠지 막연했고, 그런 일이 절대 가능하지 않으리라는 느낌은 왠지 불길했으며, 엄마도 아빠도 이 혼란으로부터 별다른 도움을 주지 못하리라는 예감은 속이 메슥거릴 만큼 두려운 것이었다.
"울지 마세요. 그러지 마세요."
지긋이 눈감은 무영, 천장 향해 고개를 쳐든 채 빙그레 웃는다. 다시 돌아오지 않을 지난 시절을 회상하는 치매 노인 같다. 독한 마약에 취해 코피를 쏟으며 죽어가는 영화배우 같다.

"민서가 지금 손을 흔들고 있어요. 울지 말라고. 자기는 괜찮다고. 그러니 슬퍼할 필요 없다고 해요. 참 환한 얼굴이에요. 지난봄에 사생대회 하러 에버랜드 놀러갔을 때 기념품으로 인형 가방 얻고 좋아하던 그 모습 그대로에요. 그러니까 엄마 아빠, 이제 눈물 흘리지 말아요. 그리고 우리 민서 이야기 좀 들어주세요."

이이. 민서야. 이이⋯⋯.

소리 죽여 억눌린 울음소리를 흘리던 엄마, 제 멱살을 쥐어뜯으며 상체를 뒤튼다. 곁에 앉은 은원이 다시 어깨를 다독였다.

"어머니, 진정하세요. 민서에게 좋은 모습 보여주세요. 마지막이잖아요."

파리하게 솟아오르던 향 줄기가 순간 꿈틀, 바람도 없이 몸을 뒤챈다.

딸랑.

무영이 종을 쳤다. 아까와는 다른 종이다. 더 작다. 소리는 더 맑고 높다.

딸랑.

두 번째 종소리가 나비처럼 팔랑팔랑 허공에서 흩어진다.

"종소리…… 들리시죠? 민서도 지금 이 소리를 듣고 있답니다. 바로 여기, 우리 곁에서 말이에요. 민서와 함께 이 소리를 들어보세요."

딸랑.

딸랑.

"……나 때문에 슬퍼하지 말아요. 내 생각하면서 울지 말아요. 나, 조금도 불행하지 않아요. 아픈 데도 없고요. 엄마 아빠랑 헤어지게 된 것은 슬프지만, 이제는 참을 수 있어요. 어쩔 수 없는 일이잖아요."

이제껏 듣던 무영의 목소리가 아니다. 무영의 목소리를 흉내 내는 다른 사람의 목소리 같지도 않다. 물론 죽은 아이의 목소리와도 거리가 멀었다.

"엄마. 수련회 가는 날 아침에, 밥 먹다 말고 짜증내고 토한 거 미안해. 아빠. 이제 술 조금만 마셔요. 어린이날에 나랑 약속했잖아. 오빠. 안녕, 잘 있어. 내 헬로키티 보석상자 가져도 좋아……. 안녕. 모두 잘 있어요. 이제 조금씩 나를 잊겠지만, 원망 같은 것은 하지 않을 거예요. 모두에게 좋은 일만 있기를 기도할게요……."

민서는 지금 프랑스 남부의 아를이라는 곳에 있었다. 새

33

도 나비도 고양이도, 바위도 나무도 풀도 아닌 사람으로. 얼마 되지 않은 일이었고 엄마는 21세의 건강한 흑인 여성, 미혼모였다.

진혼 의식은 사십 분 가까이 진행되었다. 누구에게도 넉넉한 시간이 아니었다. 육신으로 돌아온 아이를 안아주지도, 속 깊은 대화를 나눌 새도 없었지만, 그럼에도 남은 세 가족들의 얼굴에는 이전에 볼 수 없었던 평안의 기운이 미미하지만 수줍은 봄기운처럼 번져 있었다. 집 안 가득 고여 있던 슬픔의 무게도 한 풀 옅어진 것 같았다. 밝히 드러나지는 않았지만 그것은 의미가 분명한 변화였다.

"어떻게 살아가야 할지, 어떻게 그럴 수 있을지, 정말 막막했거든요. 선생님들을 만나게 되어 정말 다행입니다. 정말로 고맙습니다."

주차장까지 마중 나온 조일래 씨의 눈 밑이 낮술에 취한 듯 발그레했다. 주저 없이 무영을, 차연을, 은원을 끌어안는다. 젖은 셔츠에서 시큼한 땀 냄새가 났다. 넓고 두터운 품이었다.

"덕분에 이제, 무엇보다도 집사람이 살아날 것 같습니다. 아직은 좀 더 지켜봐야겠지만."

"지켜보셔야죠. 꾸준히."

무영이 고개를 끄덕였다.

"애정 어린 관심으로 지켜보고 힘을 내시도록 꾸준히 격려하셔야 합니다. 가족을 위해 의뢰인께서 해주실 역할이 바로 그렇습니다."

이어서 차연이 준비했던 대사를 내뱉었다.

"슬픔은 부정한 것도 비겁한 것도 아닙니다. 때로 슬픔은 고난에 처한 인간들을 더욱 단단하게 만들지요."

5시 12분. 작렬하던 여름 햇살은 기가 조금 꺾였다. 담벼락 너머 나무그늘에서 매미 소리가 귀 따가웠다. 은원이 말갛게 미소 지었다.

"우리가 해드릴 수 있는 일은 이제 없습니다. 모쪼록 남은 가족 분들이 서로를 위해 더 애써주시길 바라요. 민서가 원하는 것처럼."

세 사람이 무쏘에 올라탔다. 차 안에 가득 고인 열기가 후끈 눅눅하다. 운전석에 앉은 차연이 창밖을 향해 고개를 까닥, 해보였다. 부르릉. 백미러에 비친 조일래 씨가 그 자리에 우뚝 선 채 오래도록 이편을 바라보고 있다. 그 모습이 조금씩 작아져간다. 애위사의 879번째 프로그램이 그렇게 마무리되었다.

골목길을 빠져나온 차량이 큰길에 들어섰다.

세 사람이 말이 없다. 다들 얼마쯤 맥이 빠진 기색이다. 조용한 차 안에 내비게이션 목소리만이 홀로 낭랑했다. 길 안내를 시작합니다. 2백 미터 앞에서 좌회전 하세요.

"아이고 힘들다."

무영이 투덜거렸다.

"참 이상한 날이야. 당최 알 수가 없네."

"뭐가요."

"아까 있잖아, 민서라는 애가 내 안에 쑥 들어오는 느낌이었어. 정말로. 두 번째 종 칠 때 가슴에 물큰 뭐가 요동치는데 아 씨, 놀라서 소리를 지를 뻔 했다니까."

"……."

"오늘만 그런 게 아냐. 요즘 들어서 왜 이렇게 신빨이 잘 받아? 아오 피곤해. 나도 내가 무서워죽겠어."

은원이 히히 웃었다.

"돗자리 까셔야겠네."

"지랄 말아라. 무당 아들이 쪽팔리게 돗자리가 뭐야."

사거리에서 우회전했다. 내비게이션이 기다렸다는 듯 낭랑한 경고문을 읽었다.

경로를 벗어났습니다. 경로를 재탐색합니다.

차연이 중얼거렸다. 뭐야, 여기서 우회전하라고 했잖아.

길 안내를 다시 시작합니다. 7백 미터 앞에서……

"나는 그렇다 치고, 왜들 북한산 종주라도 하고 난 얼굴이야? 어이 차연."

"왜요."

"어저께 어떻게 됐냐."

"뭐가요."

"그 여자 말이야."

"무슨 여자?"

은원이 꺼들었다.

"어제 장례식장 가는 날 아니었어요? 여자라니. 거기 가서도 여자 헌팅하고 그래요?"

"헌팅이라면 장례식장 아니라 공중변소에서라고 못 할까. 어떻게 됐냐. 말이나 붙여봤어?"

"아니더라고요."

"뭐가 아냐."

"내 스타일이. 가까이서 보니까."

"아이고."

좌회전 신호가 들어왔다. 퇴근시간을 앞두고 차량들이 점점 많아지고 있다.

03 　 아무래도 그건,
　　　손예진
　　　때문일 겁니다

　여자를 다시 만났다. 열흘 만이었다.

　이틀 뒤 오전 11시와 오후 3시 20분, 누군가에게 전화하기에 개중 부담 없는 시간대를 기다려 전화를 걸었다. 두 차례 모두 이십오 초의 통화신호음에 이어지는 연결이 되지 않아 삐 소리 후, 소리를 들으며 통화 종료 버튼을 눌러야 했다. 여자는 자신의 핸드폰에 기록된 차연의 전화번호를 저장해두었을까? 다음 날도 비슷한 시간에 전화를 걸었지만 여자의 목소리는 들을 수 없었다. 사흘 뒤, 여섯 번째 시도 만에 통화에 성공했다.

　한 번 뵙죠.

딱히 준비한 적은 없지만 그랬더라도 그 이상의 대사는 없었을 것이다. 여자는 십 초가량 침묵했다. 그리고는 지금 바빠서 그런데 한 시간 뒤에 다시 전화 드리면 안 되겠느냐고 웅얼거렸다. 충분히 그럴 수 있는 일이었다. 한 시간 뒤 여자로부터 전화가 걸려오는 일은 벌어지지 않았다. 다음날 다시 전화를 걸었다. 안녕하세요. 여자의 한숨 소리가 나직하게 들려오고, 순탄치 않은 과정을 통해 약속 날짜가 잡혔다.

8월이었고 이틀째 비가 내리는 날이었다. 약속시간에서 정확히 십 분이 지나 원형이 나타났다. 차연은 약속시간 십 분 전부터 세종문화회관 계단 앞에 서서 우산을 쓴 채 비를 맞았다. 여자를 못 알아보면 어쩌나. 손예진 닮은 사람을 찾아야 하나. 기다리던 이를 만나고는 막연한 걱정을 젖은 우산처럼 접을 수 있었다.

비가 와서인지 참치 횟집은 손님이 많지 않았다. 창가 자리에 앉았다가, 에어컨 바람이 지나치게 강해서, 주방과 마주보는 테이블로 자리를 옮겼다. 물잔과 양상추샐러드와 흰죽과 계란찜과 간장종지 등이 또박또박 놓이는 모습을 지켜보던 차연이 문득 말했다.

"신기하지 않나요."

"신기해요."

"정말?"

"그런 것 같아요."

"뭐가 신기한데요."

"글쎄요. 뭐건. 세상에 신기하지 않은 일은 없으니까. 따지고 보면."

"……."

"그러는 차연은 뭐가 신기한가요."

"아, 나는 그저."

"그저 뭐요."

"제생병원에서 처음 봤을 때, 그때만 해도 정말 몰랐거든요. 이렇게 다시 만날 줄은. 다시 만나서 술을 마시게 될 줄은."

"그게 그렇게 신기해요?"

7부 청바지와 가죽샌들. 노란 티셔츠의 원형이 술잔을 들어 홀짝, 남김없이 비웠다. 그 모습에 기분이 썩 좋아졌다. 요컨대 첫 잔을 해결하는 장면 하나만으로도, 술자리를 함께 하는 상대방의 마음 정도를 미루어 짐작해볼 수 있는 것이다.

젓가락으로 샐러드를 뒤적이던 원형이 손과 발, 손톱과 발톱에 대해서 말했다. 네일 아티스트가 하는 일이 고객의 손발톱을 예쁘게 건강하게 가꿔주는 것만은 아니다. 그것은 다만 일부에 불과할 따름이다.

"나머지 일부는 뭔가요."

"손을 잡아주는 일이죠. 발을 만져주는 일이고."

많은 날은 하루에 열 명 정도. 그 이상은 설령 시간이 허락된다 해도 받아들이기 힘들었다. 그만큼 힘이 들기 때문이다. 기운이 빠진다고 할까. 몸 아픈 손님의 손을 잡고 있으면 공연히 자기 몸이 아파진다. 화가 나 있거나 우울한 손님을 맞는 날은, 당사자가 아무리 내색을 하지 않더라도, 그 감정 그 기운이 고스란히 전해져서 도대체 이게 뭔가 놀랄 때가 적지 않다. 두 달 전의 일이다. 야간업소에서 일하는 단골손님을 받고는 이후로 깨질 듯 머리가 아팠다. 때도 아닌데 생리 올 때처럼 몸이 쑤셨다. 만 이틀 동안 그랬다. 생애 마지막 손톱 관리를 받고 귀가한 그녀가 오피스텔의 화장실 문이며 배수구, 환풍기를 청테이프로 막고 번개탄을 피워 자살했다는 이야기를 접한 것은 일주일 뒤였다.

고개 돌려 창밖을 바라본다. 비가 잠깐 그친 것 같다. 아스팔트에 고인 빗물이 흘러가는 방향은 어디쯤인가.

남편 욕하고 아들이 새로 사귄 여자 친구 욕하러 오는 중년 부인. 다크서클이 눈물처럼 흘러내린 중환자실 간호사. 일주일에 한 번씩 나타나는 젊고 잘생기고 친절한 신부. 180센티미터는 넘을 키 때문에 샵에 처음 찾아왔던 날의 기

억이 생생한, 지나치게 말이 없어 도대체 신상을 파악할 수
없는 목요일의 여자······. 네일아트 또는 케어를 받으며 삼
십 분 동안 시종 떠들어대거나 묵묵히 생각에 잠겨 있곤 하
는 그들 모두, 어떤 측면에서는 똑같은 사람들이었다. 손잡
아줄 누군가가 절실히 필요한. 차연이 소주 한 모금을 마셨
다. 오늘따라 참치 살점이 입에 와 닿지 않았다. 실은 참치
회를 그다지 좋아하는 편이 아니었다. 조미 김을 씹으며 로
버트 플랜트 이야기를 시작했다.

"로버트 플랜트를 좋아하는 여자아이를 만났어요. 이틀
전에."

"여자아이라."

"중학교 1학년."

"롤리타?"

"아니거든요."

성북구 장위동 삼광연립 103동. 백강선 씨의 아내이자 승
민의 엄마가 죽은 것은 이 개월 전이다. 우울증. 두 차례 자
살 실패 경력을 가지고 있던 그녀의 생애 세 번째 시도가 성
공한 것이다. 수면제 두통약 감기약 합쳐 서른두 알을 락스
탄 물과 함께 삼켰다. 위세척은커녕 앰뷸런스가 병원에 도착
하기도 전에 영영 깨어나지 못하는 상태가 되었다. 세상의

오래가는 병이 대부분 그렇지만 우울증은 당사자뿐 아니라 가족 등 주변사람들로부터 삶의 활기를 효과적으로 앗아갔다. 엄마의 죽음이 딸아이의 삶에 고스란히 전이되고 말리라는 건 누구나 가능한 판단이었다. 고심 끝에 백강선 씨가 선택한 것이 애위사였다. 승민의 상태를 묻는 질문에 그는 상태랄 게 따로 없어요, 라고 대답했다. 방학한 뒤로 하루에 스무 시간을 제 방에서 지낸다는 것이다. 아이를 위해서라면 무엇이든 상관없습니다. 기억을 지우는 뇌수술이라도.

"궁금해요. 솔직히 이해가 잘 안 가요."

"뭐가요."

"슬픔에 빠진 사람을, 나 아닌 다른 사람을, 어떤 방식으로 위로할 수 있나요."

"그러려고 노력할 따름이죠. 더욱 중요한 건 과정이니까."

"과정?"

"필요하면 언제라도 연락 주세요. 고민 말고."

"그러지요. 위로가 필요하면."

차연이 잔을 들어 원형이 잔에 부딪쳤다. 짤깍. 세 번째 술잔을 홀짝 비운 원형이 붉은 참치 회를 입에 넣고 우물우물 씹다가 아참, 하고 중얼거렸다.

"안다더군요. 차연을."

"나를요?"

"예."

"누가요?"

자동문이 열리고, 두 명의 남자가 들어서고, 실내의 점원들이 일제히 합창했다. 어서 오세요. 감사합니다.

"저번에 이야기했잖아요. 애위사에 대해서 말해줬다는 사람."

"아."

"며칠 전에 다시 만났거든요. 그럴 일이 있어서."

"네일아트?"

"그건 아니고. 어쨌거나 마침 생각이 나서 차연 이야기를 했지요."

"그 사람이?"

"아뇨. 내가."

"그랬더니 안대요? 나를?"

"만난 적 있다고 하더군요."

"미치겠네."

"왜 미쳐요."

"그 사람이 누군지, 결국 이야기 안 할 거잖아요."

"말해봐야 누군지 기억도 못 할 테니까."

"그걸 어떻게 장담하나요."

"기억할 것 같으면 벌써 했겠죠. 아닌가?"

"말도 안 돼."

락교 한 알을 입에 넣고 아작아작 씹었다.

"그래, 나더러 뭐라고 하던가요. 천하에 개쌍놈이라고 하던가요?"

"푸하하 개쌍놈."

"원형은 또 뭐라고 했나요. 같은 장례식장에서 같이 밤을 새우고 같이 아침을 먹은 개쌍놈이라고?"

"궁금해할 필요 없어요."

"어째서요? 내 이야기니까?"

"별다른 말 안 했거든요. 애위사의 차연이란 사람 아느냐. 안다. 어떻게 아느냐. 그냥 안다. 가까운 사이였냐. 그런 거 아니다. 그게 전부니까."

"……."

"정말이에요. 믿어도 되요."

"가만, 그게 더 기분 나쁜데?"

소주 두 병을 나눠 마시고 자리에서 일어섰다. 비는 그쳤고 젖은 밤거리는 어둡게 번들거렸다. 종로 쪽으로 길을 건넜다. 좌석버스 한 대가 횡단보도에 3분의 1쯤 머리를 디밀고 멈춰 섰다. 버스 안, 누군가가 곤히 잠들어 있다. 창문에 고개를 기대고 꼼짝도 하지 않는다. 가능성은 그다지 크지 않지만, 죽은 사람일지도 모른다. 누굴까. 며칠 전에 원형이 만났다는 사람은. 누군지 모를 누군가에 대해 생각한다. 얼굴이 보이지 않는 누군가가 차연의 이름을 듣고는 보이지 않게 고개를 끄덕인다. 그리고 들리지 않게 말한다. 알아요, 만난 적이 있어요. 그게 언제던가. 송파동 무슨 여자고등학교 근방. 3시 27분이라고 하면, 4시 21분이라고 하면 대충 그랬거니 믿을 만한 시간. 버스가 정류장에 멈춰서고, 스피커에서는 80년대 발라드풍 가요의 첫 소절이 시작되고, 창가 자리에 앉아 근조연합통신에서 유료로 발송되는 문자를 확인하고는 스마트폰을 시선을 돌려 창밖을 바라보는 순간. 승강장의 화장품 광고판 한가운데를 가로막고 서 있던 사람. 청바지를 입었던가? 주홍빛 립스틱을 했던가? 일 초도 되지 않는 짧은 순간 눈이 마주쳤다가 빛살처럼 스쳐갔던

바로 그녀였다

면

차연을 만난 적 있다고 원형에게 말한 바로 그 사람이었다

면

그럼에도, 차연은 그녀를 기억할 수 없을 것이다. 버스에

서 내려 한 정거장 전까지 뛰어갈 수도 없을 것이다. 다만
그뿐일 것이다.

종로 3가까지 함께 걸었다. 눅눅했지만 걸을 만한 밤 시
간이었다. 낙원동 악기상가 부근을 십 분 정도 더 헤맸다.
출입문 유리창에 커다란 닭이 그려진, 최소한 삼십 년 전부
터 그 모습이었을 것 같은 치킨집. 할아버지라고 부르기엔
미안하고 아저씨라고 부르기엔 뭔가 섭섭한 외모의 남자들
이 듬성듬성 자리를 차지하고 있었다. 차연은 5백 시시 생
맥주를, 원형은 소주를 시켰다. 닭 튀기는 기름 냄새 자욱한
실내는 놀랍도록 시끄러웠다. 듬성듬성 자리를 차지한 이들
이 악쓰듯 외치는 소리가 그토록 엄청났다.

포크로 날개 쪽 살점을 찢은 원형이 뭐라고 종알거렸다.
차연이 눈을 깜빡이며 외쳤다.

"뭐라고요? 잘 안 들려서."

"자살한 그 사람 말이에요."

"자살한?"

"나한테 마지막으로 메일 받았던 여자."

순간 공교롭게도, 할아버지도 아니고 아저씨도 아닌 이들
의 고래고래 외치던 대화들이 딱 멈추었다. 개구리 울음소

47

리처럼.

"죽는 순간에 뭘 봤을까요. 마지막에."

"마지막이라."

"의식이 혼미해지면서 죽음의 문턱을 막 넘어서는, 그 순간에."

"뭘 꼭 봐야 하는 건가요."

"낭연하죠."

생의 마지막 또는 죽음의 첫 순간에, 평소엔 생각조차 못했던 뜻밖의 장면이 시야에 번연히 떠오르며 사후 세계를 인도한다는 것. 《티베트 사자의 서》에 나오면 그러려니 할 이야기였다. 그런데 미국 노스캐롤라이나의 어느 인디언 노파에게 그런 재주가 있었다. 어떤 사람을 딱 만나면 그가 생애 마지막으로, 다시 말해 죽는 순간에 보게 될 최후의 한 장면을 척척 일러주곤 했다는 것. 하얀 수선화라든가 눈 덮인 골목길, 코발트빛, 23이라는 숫자, 대문자 R과 소문자 n이 한 번씩 들어가는 형용사 등 예의 단서는 듣기에 따라 지극히 구체적이거나 상징적이었고 한마디로 귀에 걸면 귀걸이 식이었다. 지역 신문을 보고 노파를 찾아온 사람이 한때는 마을에 줄을 설 정도였는데 그 예언이 과연 얼마나 정확했는지, 숨을 거두며 노파가 예언했던 마지막 장면을 실제로

본 사람이 과연 얼마나 있는지에 대해서는 자세히 알려진 내용이 없었다. 딱 한 사람 헤킨스란 인물을 제외하고는. 죽기 직전 '빨간색 사각형'을 보게 되리라는 운명에 따라, 37세 은행원이던 그는 위스키 한 병을 마시고 새벽의 고속도로를 달리다 즉사하고 말았다. 1974년 가을의 일이었으며 그의 왜건과 정면충돌한 차량이 하필 빨간 색깔 다부진 그레이하운드였다.

"리더스 다이제스트에서 봤다니까요."

"언제요?"

"고등학생 때."

"살해당하는 사람의 눈에는, 생의 마지막으로 살인자의 무시무시한 얼굴이 보이겠군요. 빌딩에서 몸을 던져 죽는 사람은, 그럼 마지막으로 시커먼 아스팔트 바닥을 보게 되려나?"

"나는요, 바다가 보고 싶어요."

"바다?"

"보고 싶다고 볼 수 있는 건 아니겠지만."

"바다라."

낙원동. 커다란 닭 그림이 이십 년 넘게 출입문을 지키고 있는 맥줏집. 생맥주는 물을 탄 듯 밍밍했고 치킨은 너무 타서 쓴 맛이 났으며 술 취해 질러대는 목소리들에 정신이 혼미할 지경이었다.

"황금빛 모래밭에 뜨거운 햇볕이 작렬하는 8월 바다. 멋진 몸매 멋진 수영복의 피서객들로 가득한 해수욕장. 수평선을 붉게 물들이며 해가 저무는 낭만의 해변. 그런 거 말고."

"그럼 어떤 바다?"

"깊은 바다요. 육지에서 가장 멀리 떨어진 깊고 험한 바다. 기왕이면 폭풍우가 휘몰아치는 밤바다. 수십 미터의 파도가 성내며 부서지는 바다."

"너무 쓸쓸하지 않을까요."

"물론 쓸쓸하죠. ……당연히 그래야 하는 것 아닌가?"

5백 시시 한 잔 반을 마시는 동안 원형은 혼자 소주 한 병을 다 비웠다. 권하지도 않는데 혼자 잘도 마셨다. 날름날름 술 취한 티도 내지 않고 꿋꿋이 마셨다.

뜯어먹던 치킨을 반도 넘게 남기고 사십 분 만에 일어섰다. 너무 시끄러워서 자리를 지키고 있을 수 없었다. 인사동으로 건너가 여전히 오가는 사람 많은 거리에 나섰다. 비가 찔끔찔끔 다시 흩뿌렸다. 우산을 펴야 할 정도는 아니었다. 꼬치를 굽는, 달큰한 간장 냄새 솔솔 풍기는 선술집. 3차라니 동창 모임도 아니고. 이건 좀 놀라운걸. 차연은 차가운

국산 정종을 주문했다. 메뉴판을 읽는 원형의 얼굴이 심각했다. 삼십 초 정도 고민하더니 탁자에 털썩, 손을 올려놓는다. 난 그냥 소주 마실래요. 섞으면 머리 아파.

"내가, 원래 이런 사람이 아닙니다."

차연이 젓가락 끝으로 꼬치의 은행알을 뽑아내느라 애썼다. 애쓰다 말고 냅다 말했다. 종일 별러왔던 대사를 뱉어내듯.

"정말이에요. 믿어줘요."

"뭘 말인가요."

원형이 자신의 빈 잔에 손수 술을 채웠다.

"모르는 여자 쫓아가서 말 걸고, 같이 밥 먹자 조르고, 번호 따고, 자꾸 전화 걸어서 만나자고 떼쓰고, 술 먹이고. 이런 거 진짜 처음이라고요."

술을 먹인다니, 그건 좀 아닌 거 같아.

"그래서 어쩌자고."

"어쩌자는 게 아니라, 하여간 그렇다는 거죠."

"뭐가 그렇다는 건데요."

"모르는 여자 쫓아가서 말 걸고, 아 참, 뭘 자꾸 물어요, 부끄럽게."

신림동. 자정이 한참 넘은 시간. 주민센터 앞에서 택시를

51

내린 두 사람이 찰랑찰랑 어둠 속을 걸었다. 젖은 길바닥에 발소리가 유난히 크게 울렸다. 약국과 교회 교육관을 지나자 초등학교 담장을 낀 골목길이 저 건너부터 이어졌다. 언젠가 한 번 와본 적이 있는 동네 같다. 언젠가 한 번 와본 적이 있는 것 같은 동네는 세상에 왜 이렇게 많을까. 저벅저벅 발걸음이 갈림길 어귀에서 숨을 죽였다. 원형을 따라 차연이 걸음을 멈추었다. 신림 스타빌. 골목은 외지고 밤은 깊다. 멀리 미등을 켠 승용차 한 대가 큰길 쪽으로 천천히 빠져나가고 있다. 수풀 속의 검은 구렁이처럼.

"……내가 만만해요?"

현관 손잡이를 잡고 선 원형이 느닷없이 시비 걸었다.

"예?"

"내가 만만하시냐고."

심각하다기보다 시무룩한 얼굴.

"조금도 만만하지 않습니다."

"그렇다면 왜 이러는 건가요. 나한테는."

"……."

"모르는 여자 쫓아가서 말 걸고, 번호 따고, 자꾸 전화 걸어서 만나자고 떼쓰고, 그런 거 처음이라면서."

"아마도요."

"그런데 나한테는 왜 그러나요."

"어."

"나는 이래도 되는 사람이라서? 만만해서?"

"그건."

술 취한 차연이 술 취한 미간을 손끝으로 득득 긁었다.

"아무래도 그건, 손예진 때문일 겁니다."

"손예진?"

"손예진 닮았다는 소리 혹시 들은 적 없나요."

"손예진?"

"손예진."

"……아내가 결혼했다?"

"맞아요, 그 손예진. 닮았다는 소리 많이 들었죠?"

"전혀요."

"그거 이상하네."

"손예진은 갑자기 왜."

"원형이, 아니, 손예진이 원형을 닮았거든요."

"손예진?"

"그래요. 손예진."

303호.

비슷한 모양의 현관문 세 개가 계단을 향해 비스듬히 마주보고 있는 복도. 어디선가 고양이 울음소리가 들렸다. 도어록 뚜껑을 연 원형이 차연을 돌아봤다.

"비밀번호."

"모르지요."

"맞춰 봐요."

"일일일일? 일이삼사?"

"아니."

"전화번호? 생년월일?"

"아니."

"힌트 줘 봐요."

"씨발 씨발 씨발."

"뭐라고요?"

"씨발 씨발 씨발."

04 가위에
    눌려본 적이
    있다

책상 아래로 노란 털 뭉치가 스르륵, 지나간다. 네오다.

너 돌아왔구나.

침대 위, 원형이 모로 구겨져 있다. 흐트러진 이불 사이로 벗은 잔등이 보인다. 브래지어를 하지 않았다. 침대 아래, 차연이 커다란 베개를 안고 누워 있다. 비좁은 1인용 침대에서 굴러 떨어진 것인지 잠결에 불편해서 내려온 것인지 처음부터 그 자리였는지 확실치 않다. 이불 속으로 손을 넣어 몸을 더듬어본다. 위에는 입고 아래는 입지 않았다. 러닝 셔츠와 노팬티. 매일 잠자리에 들고 날 때의 차림 그대로다.

금요일이고 아침 8시 43분이다. 빌어먹을 지각이다. 어떤 식으로건 십칠 분 안에 마포 사무실까지 당도할 방법 같은 건 없다. 더욱 문제는 그럴 의지조차, 요만큼도 없다는 사실이다. 술기운이 온몸에 찰박찰박 물결치고 있다. 술 마신 다음날 상태를 1부터 10까지 나눈다면 지금은 대략 6과 7단계 사이에 해당한다. 요컨대 눈 뜨자마자 화장실로 달려가서 구토를 쏟아낼 정도는 아니다.

와인을 마셨다. 냉장고에 먹다 남은 와인 병이 있었다. 현관과 침대와 책상 사이의 (차연이 누워 있던) 공간에 작은 자개 상을 펼쳤다. 거기 치즈와 크래커 담은 접시가 놓였다. 남은 와인이 쉬 동나고, 찬장에서 새로운 와인 병이 나오고, 술 취한 차연이 힘겹게 코르크마개를 열었다. 두 병 모두 9천7백 원짜리 맛이 나는 와인이었다. 그 즈음부터 기억이 가물거린다. 술자리가 어떻게 끝났는지. 상은 누가 치우고 뒷정리는 어떻게 했는지. 방의 불은 언제 끄고 와이셔츠와 바지와 팬티와 양말은 어쩌다가 벗었는지.

언제부터던가 술을 마시면, 조금만 심하게 마시면 습관처럼 톡톡 끊어지는 기억의 필름. 알코올성 치매. 일시적 급성 기억상실. 해마가 문제야. 해마가 아픈 거야. 더 난감한 것이, 얼마 전부터는 '조금만 심하게' 마셔도 그 모양이 되곤 한다는 문제다. 몸 가누기 힘들 만큼 만취했을 때만이 아니

라는. 오래지 않은 언젠가, 소주를 정말 딱 한 병 먹고 집에
가는 길에, 택시를 잡다 말고 친구에게 전화가 걸려와서 잠
깐 통화한 것까지는 분명한데, 다음날 되서는 무슨 이야기
를 나누었던지 전혀 생각나지 않아 고민스러웠던 적이 있었
다. 비슷한 경험담이야 굵은 것부터 자잘한 것까지 부지기
수다. 숨 쉬는 일을 잠깐 잊거나 집까지 오는 길이 갑자기
생각나지 않는 수준은 아니었지만 불안했다. 가끔은 불안했
다. 목숨을 잃거나 길을 잃을까봐서는 아니었다.

했던가?

간밤에 원형과 했던가?

안 했던가?

도통 기억나지 않는다. 알몸과 알몸이 섞이는, 그 비슷한
장면과 감촉을 억지로 떠올려본다. 카드의 앞면처럼 반짝
나타났다가 반짝 사라지는 장면들이 있긴 있다. 그러나 간
밤의 기억인지 그 전에 저장된 것인지 여전히 확실치 않다.
빌어먹을. 왠지 꺼림칙하다. 팬티를 벗고는 있지만 그건 판
단에 별 도움이 되지 않는다. 물어볼까? 가능성은 두 가지
다. 했거나 하지 않았거나. 하지 않았다면 그 가능성 역시
두어 가지 된다. 하려다 말았거나 시도조차 안 했거나.

야옹.

냉장고 아래 웅크린 네오가 나직하게 울었다. 이불로 하체를 가리고 멍히 앉아 있는 차연을 교교히 응시한다. 간밤에 깃털 장난감을 가지고 저 녀석과 잠깐 놀았던 기억이 난다. 이 년 전 이곳으로 이사 오던 즈음부터 인연 맺었다는 길고양이 출신. 언제 들어오는지 언제 나가는지, 집을 나가서는 어디서 무슨 짓을 하고 다니는지 길게는 일주일씩 안 보이다가 홀연히 나타나곤 한다는.

　야옹.

　원형의 벗은 어깨가 꿈틀, 움직였다.

　"……일어났어요?"

　"굿모닝."

　이불 속에서 길게 기지개를 켠다.

　"출근 안 해요?"

　"어떻게 할까요."

　"몇 시야 지금."

　"……쨀까 하고요."

　"좋은 생각이네. 나 저것 좀 줄래요?"

　"뭘요."

　"저기 의자 옆에…… 아니 됐어요."

　의자 팔걸이에 남색 브래지어가 널려 있었다. 몸을 일으

58

킨 원형이 의자로 팔을 뻗었다. 팬티는 입고 있다. 차연과 정반대다. 브래지어 끈을 어깨에 걸치고 팔을 뒤로 돌려 요령껏 후크를 채운다. 아무리 연습해도 따라할 수 없을 것 같은 동작이다. 내처 추리닝 바지와 티를 입는 모습을 지켜보던 차연이 조급해진다. 나도 옷 입어야지. 머리맡에 팬티와 양말과 바지 등등이 묵은 빨랫감처럼 포개져 있다.

"해장해야죠."

"아이고 죽겠네."

"뭘 먹을까."

"먹읍시다. 뭐든."

컴퓨터를 켜고 의자에 앉는다. 소리 없이 다가온 네오가 무릎 위에 사뿐 올라앉는다. 둔중한 체구임에도 제법 날렵하다.

"나갈래요? 해장국 하는 데도 있고."

"집에 뭐 없나요. 라면 말고."

"라면 말고 뭐가 있으려나."

냉장고를 열고 야채박스를 뒤적인다. 뒤쫓아 온 네오가 주변을 한 바퀴 맴돌다가, 흥미를 잃었는지 세탁기 있는 다용도실 쪽으로 어슬렁어슬렁 사라진다.

그날 오후 무영과 전주로 내려갔어야 했다. 오후 3시까지 877번째 의뢰인을 그녀의 아파트로 찾아가는 스케줄이다. 의뢰인의 여동생, 아나운서 J씨가 강남 서초동 오피스텔 12층에서 몸을 던진 게 일곱 달 전이다. 돌이킬 수 없는 선택을 실행에 옮기기까지 절대적인 원인을 제공했던 남자, 대산치타스의 투수 임사갑 선수는 그새 사 주의 군사훈련을 마치고 지난주부터 1군 훈련을 재개한 상태였다. 조만간 마운드에 선 그를 볼 수 있을 터였다. 죽은 사람은 조금씩 잊어지고 산 사람은 새로운 기억을 만들며 살아간다. J씨의 죽음과 저간의 사연들이 세간의 관심거리로 확대되기를 원하는 사람은 없었다. 의뢰인 가족이 원하는 바는 간단했다. 임사갑 선수의 공개 사과와 현역 은퇴. 이야말로 죽은 J씨 아니라 살아 있는 가족들을 위한 유일한 위안의 길이었다. 하지만 소속구단이나 선수 당사자나 그럴 마음이 전혀 없어 보였다. 뭔가를 선택하거나 선택하지 않을 수 있는 의지. 애석하게도 그것은 산 사람에게만 허락된 권리였다. 877번째 의뢰를 받고부터 석 달 반, 치밀한 사전 작업을 구상했고 준비했다. 마침내 지난주 토요일 오후, 원하는 결과물을 얻어낼 수 있었다. 양평군 양서면의 마루힐궁전에 들어서는 검은 쉐보레 벤과 거기서 내리는 두 남녀. 산을 바라보고 있는 2층 창문과 커튼 젖혀진 방 안. 침대 모서리에 앉은 임사갑 선수의 벗은 상의.

그리고 일주일 전, 무영과 차연이 논현동 한정식집에서 임사갑 선수를 직접 만났다. 망원렌즈에 잡힌 사진 몇 장을 확인한 임사갑의 얼굴이 야구공처럼 하얘졌다. 동석한 대산 치타스 홍보팀장 역시 마찬가지였다.

"걸레 같은 와이프를 데리고 사는 나도 할 말은 없지만, 임사갑 선수라고 했죠, 그쪽도 들리는 소문이 아주 걸레더군요. 얼마 전에 자살한 아나운서 J씨와도 그런 사이였다면서요? 이번에는 애 딸린 유부녀라니. 야구선수가 그래서 운동은 언제 합니까?"

여자의 남편 무영이 벌겋게 충혈된 눈을 치떴다.

"임사갑 선수를 사랑하는 팬들이 또다시 실망하겠군요. 구단 이미지도 큰 타격을 받겠지요. 물론 이 사진들이 언론과 인터넷에 공개될 때에 한해서."

선수의 나이를 생각했을 때 돌연한 은퇴 선언은 무리가 있고, 시즌 말쯤 경기력 저하를 이유로 임의 탈퇴 처리할 때까지 1군에서 뛰는 일은 없도록 하겠다는 약속을 받아내기까지 오랜 시간이 필요치 않았다. 최상은 아니지만 만족할 수준이었다. 법적 효력 없는 서약서의 내용을 구단이 충실히 이행해준다면 말이다. 그리고 오늘, 전주로 내려가 의뢰인을 만나야 했다. 일련의 과정과 결말을 보고한 뒤 의뢰인을 위로해야 했다. 슬픔과 울분을 이제 그만 내려놓으시라고.

"좀 저질이네요. 딱 흥신소에서 하는 짓들이잖아."

"짓들이라뇨."

차연이 히힛, 웃으려다 말았다.

"슬픔에 빠진 사람을 위로하는 일이, 그럼 쉬울 줄 알았어요? 이번 기회에 알아둬요. 슬픔은 삭히는 게 아니라 떠나보내는 거라고."

"어디로 떠나보내나요. 슬픔을 준 상대방에게로?"

"그럴 수도 있고. ······그나저나, 좀 이상하지 않아요?"

"뭐가요."

"곱창볶음 피자."

"또 그 소린가요."

"곱창볶음 피자라니. 아무리 생각해도 이상해 죽겠네."

"곱창볶음 피자가 아니네요. 야채 곱창볶음과 포테이토 피자. 포테이토피자와 야채 곱창볶음. 알겠어요?"

"하지만, 너무 안 어울리잖아."

"아니 어울릴 필요가 뭐 있어? 피자에 곱창볶음 토핑을 하는 것도 아닌데."

"곱창볶음 토핑이라. 으웩."

"해장술 하자면서요. 곱창 싫어해요? 먹을 줄 몰라요?"

"곱창볶음? 못 먹죠. 없어서 못 먹죠."

"그럼 뭐가 문제인데요. 피자?"

"피자도 소주 안주로 나쁠 건 없죠."

"생라면도 괜찮고 크림빵도 괜찮고 초코볼도 괜찮고. 소주 안주로 어울리지 않는 음식 같은 건 없으니까요. 그나저나 뭐가 문제냐고."

"나는 그저, 곱창볶음과 피자를 같이 시킨다는 게 뭔가 이상해서."

"똑같은 말 반복하시네. 같이 시키는 게 아니잖아요. 피자는 피자마루에 시키고 곱창볶음은 자매야식에서 시키고."

"알아요 그 정도는. 피자를 굽는 자매야식도 돼지곱창을 볶는 피자마루도 없을 테니."

"아는 사람이 왜 자꾸 시비에요."

"시비가 아니라, 생각해봐요. 곱창 안에, 생전의 돼지가 먹었던 피자 조각이 소화되지 않은 채 남아 있을 거 같지 않나요?"

"이상하시네. 성격 참 이상하셔."

미원 냄새 물씬한 야채 곱창볶음과 포테이토 피자 레귤러

사이즈 한 판을 상 위에 가득 늘어놓고 술을 마셨다. 차연은
1:9 비율로 조제한 소맥, 원형은 변함없이 소주. 하루가 또
이렇게 가고 말리라. 두 남녀가 공유하기에 충분히 넓고도
좁은 열한 평 원룸. 옛 애인의 집에 숨어든 탈옥수와 동료들
처럼. 로또 1등에 당첨된 충격으로 은둔형 외톨이가 된 서
민 가장과 그의 아내처럼. 온종일 틀어놓은 케이블 방송에
서는 철지난 영화 〈타짜〉가 한창이었다. 내 패하고 정 마담
패를 밑에서 뺐지, 내가 빙다리 핫바지로 보이냐 이 쉐끼야.
아귀의 대사가 나오기 십여 분 전 상황이었다. 더운 날이었
다. 민소매 러닝셔츠에 빌려 입은 반바지 차림이어도 그랬
다. 선풍기 바람이 원형의 짧은 치마를 펄럭펄럭 흔들며 속
옷을 보여주었다. 해장술 기운이 화마처럼 온몸을 뒤집어놓
다가 슬그머니 시들어갔다. 침대 모서리에 고개를 꺾고 누
워 있던 원형이 고개 꺾인 목소리로 웅얼거렸다. 가위 눌려
본 적 있어요?

　그리고 차연은 전혀 어울리지 않는 물건에 대해 잠깐 생
각했다. 납작하고 뾰족하고 날카로운 금속 두 조각으로 만
들어진, 손잡이 부분은 파랗거나 빨간 플라스틱으로 된, 색
종이나 냉면 면발 또는 머리카락을 자를 때 쓰는 기구에 대
해서. 일주일에 한 번은 꼭 그래요. 생리처럼 주기가 있는

건가, 아주 미치겠다니까요. 잠에서 분명히 깼는데 몸은 움직일 듯 움직이지 않고. 눈은 뜬 것도 같고 감은 것도 같고. 끈적끈적한 물속에 빠져드는 것도 같고 텅 빈 허공에 던져지는 것도 같고. 그 불쾌한 느낌에서 벗어나려고 애를 쓰다 보면 어느새 또 다른 꿈속을 헤매는 중이고, 그 느낌이 또 굉장히 불쾌하고. 가위 눌리는 것과 사람의 몸처럼 커다란 가위에 정말로 눌리는 것 중에서 어느 편이 더 고통스러울까. 그래서 어떤 날은 침대에 누워 잠을 청하다가도, 까무룩 잠에 빠져들다가도, 그 생각만 나면 진저리가 나면서 잠이 확 깨는 거예요. 이렇게 잠들었다가 아침에 또 그렇게 가위 눌리면 어쩌지. 그래서 영영 깨어나지 못하면 어쩌지. 깨워 줄 사람도 곁에 없는데.

그때 나직하게 음악소리가 들려왔다. 핸드폰 벨소리다. 차연의 전화도 원형의 전화도 아니었다. 두 사람의 전화기는 데스크톱의 USB포트에 사이좋게 연결되어 있었다. 소리나는 곳은 텔레비전 쪽이었다. 그러나 아귀의 전화도 오 마담의 전화도 아니었다. 리모컨을 집어 들고 텔레비전 소리를 죽였다. 나직하게 울어대는 벨소리가 더욱 선명해졌다. 책상 밑에서 장난감 쥐를 가지고 놀던 네오가 반짝 고개를 쳐들었다.

원형이 무릎걸음으로 원룸을 가로질렀다. 텔레비전 장식
장 서랍을 열고는 그 속에서 울고 있는 핸드폰을 꺼냈다.

"여보세요 잠깐만요."

나직이 뇌까리고는 세탁기가 있는 다용도실로 들어가 미
닫이 유리문을 닫는다. 두꺼운 유리문 저편, 원형의 목소리
는 들리지 않는다. 등을 돌리고 있어 얼굴 표정조차 관찰할
수 없다. 전화가 두 대 있구나. 하긴 핸드폰을 하나만 써야
할 이유 같은 건 세상에 없다. 하나는 직장 전용. 하나는 가
족 전용. 하나는 친구들 전용. 하나는 동호회 회원 전용. 하
나는 연인 전용.

여보세요 잠깐만요, 중얼거리던 원형이 얼굴이 심상치 않
았다. 왠지 그랬던 것 같다. 요컨대 이십팔 년간 평범한 가
정주부로 살아온 적국의 스파이가 어느 날 아침 동네 두부
가게 아저씨로부터 요인 암살 지령을 전해 받는다면, 그런
얼굴이 되기도 할 것이다. 성실한 직장인이자 좋은 가장으
로 살아가는 살인마의 집에 새 이웃이 놀러 와서는 삼십 년
동안 취미로 죽인 사람들의 시신 일부가 꽁꽁 언 채 보관된
대형 냉장고 문짝에 기대어 서서 자신의 직업이 강력계 형
사라고 소개한다면, 어쩔 수 없이 그런 표정이 되기도 할 것
이다. 다용도실에 등 돌리고 선 원형의 통화가 길어지고 있

다. 누굴까. 누구에게 온 전화일까. 직장? 가족? 친구? 동호
회? 연인? 잔에 3분의 1 남은 소맥을 홀짝 마시고 젓가락으
로 곱창볶음 접시를 뒤적였다. 그러고 보면 원형에 대해 모
르는 게 너무 많았다. 아니다, 아는 게 거의 없었다. 핸드폰
을 두 대 쓴다는 사실조차 이제 막 알았으니까. 양념과 함께
볶은 돼지곱창을 초간장에 찍어먹는다는 사실조차 불과 두
시간 전에 알았으니까.

통화를 마친 원형이 돌아왔다. 어딘지 머쓱한 얼굴이다.
원형의 손에 들린 전화기를 향해 차연이 외쳤다.

"와, 핸드폰 좀 봐!"

애니콜 은색 폴더. 십 년은 더 된 흑백폰이다.

"진짜 오랜만이네. 세상에 아직도 이런 물건을."

"얼마나 좋은데요."

"들리긴 들려요?"

"스마트폰보다 훨씬 좋아요. 배터리도 오래가고."

"줘봐요. 와, 기억 새롭네."

두 번째로 맞는 새벽, 문득 잠이 깼다. 냉장고 소리와 화장
실에서 새나오는 장미향 비누 냄새가 여전히 낯선 원룸. 침대
옆 방바닥이었다. 핸드폰을 켜 시간을 확인한다. 3시 42분.

몇 시간 뒤면 토요일 아침이 시작될 터였다. 목이 말랐다. 오줌도 마려웠다. 그러나 물을 마시거나 오줌을 누기 위해 자리에서 일어날 생각은 없었다.

침대 위에 원형이 잠들어 있다.

창가의 옅은 불빛에 희미하게 드러난 얼굴. 잠든 손예진의 눈썹이 꿈틀, 움직인다. 입술을 한 차례 달싹인다. 뭔가 극적인 꿈을 꾸고 있는 모양이다. 그 얼굴을 바라보고 있노라니, 느닷없이, 알 수 없게도 뻐근하도록 가슴이 아팠다. 이 여자는 누구일까. 삼 년 전에 이 여자는 누구였을까. 십 년 전에 이 여자는 어디서 사는 누구였을까. 이십 년 전에 이 여자는 어디서 어떻게 사는 누구였을까. 오 년 뒤에 이 여자는 누구일까. 십이 년 뒤에 이 여자는 어디서 어떻게 살아가고 있을까. 삼십 년 뒤에 이 여자는 어디서 어떻게 살아가는 누구일까.

야옹.

책상 밑에 웅크린 네오가 속삭였다.

05   손을
            잡아줄
            사람이
            필요해

출입문을 열고 들어서면 좌우로 파티션이 통로처럼 이어지고 통로 끝나는 오른편에는 회의실 입구가 연결되었다. 열 명 정도 모여 앉을 수 있는 회의실 문을 열면 적갈색 나무판에 검은색으로 음각된 글자를 가장 먼저 만날 수 있다. **죽음은 늘 우리 곁에 있다.** 회의실에 모여 앉은 사람들. 아침부터 분위기가 그다지 좋지 않다. 어딘지 침울한 얼굴들이다. 경영난을 견디지 못한 회사의 미래에 관한 암울한 소문을 사실로 확인한 사원들처럼.

간밤에 누군가 죽었다. 8월 두 번째 수요일. 특별한 사건도 놀라운 일도 아니다. 아닌 게 아니라 죽음은 늘 우리 곁에 있다. 매일 누군가 태어나고 또 죽는다. 단 하루도 빠짐없이 그런 일들이 일어난다. 여태 그러했고 지금 그러하며 앞으로도 그러할 것이다. 2013년 한 해에 26만 6503명의 사람이 죽음을 맞이했다. 암과 뇌혈관 질환 등 지병이거나 운수사고, 자살, 화재사고 등 외인으로 죽음을 맞이하는 사망자가 하루 평균 7백 명 조금 못 미친다. 가까운 이의 죽음으로 슬픔에 빠지는 사람들의 숫자는 그보다 많다.

간밤에 누군가 죽었다.

간밤에 누군가 또 죽었다.

스스로 목숨을 끊었다. 샤워기걸이에 목을 맸다. 애매한 높이 때문에 쉽지 않은 방법이었을 것이다. 중학교 2학년 여학생이었고 아빠의 넥타이였다. 집 안에서 그만큼 길고 부드럽고 질긴 물건을 찾을 수 없었으리라.

성북구 장위동 삼광연립 103동. 아이를 위해서라면 기억을 지우는 뇌수술이라도 할 수 있다는 아빠 백강선(49) 씨와 딸 승민(13)을 위해 그 집을 찾은 게 7월 마지막 날이었다. 깊고 깊은 우울증으로 사는 것 같지 않게 살다가 세상을 떠난, 한때 가족들의 아내이자 엄마였던 이의 혼을 잠시 불러들여 애도하고 남은 이들과의 작별 의식을 가졌다. 무속 점성술 최면술 심리치료 타로카드 등 여덟 개의 민간 자격증을 소유한 무영이 영매로 나섰다. 그로부터 며칠 뒤, 의뢰인이 감사 전화를 걸어왔다. 아이가 많이 달라졌다고. 그런 것 같다고. 엄마 없는 식탁에서 처음으로 저녁을 먹었다고. 아빠가 하는 말에 대꾸도 하는 등 노력하는 모습이 보인다고. 다 애위사 분들이 수고해주신 덕분이라고. 그랬던 아이가 어제 아침 엄마의 길을 뒤따랐다.

이런 경우가 뜻밖에 적지 않았다. 2013년 4월 경기도 평택 건이 가장 최근이었다. 평택 농촌마을에서 살던 80대 할머니가 작년 11월 교통사고로 숨진 일이 있었다. 남은 가족이라곤 할머니와 육십오 년을 함께 살아온 84세 할아버지, 노부부와 함께 십사 년을 살아온 늙은 몰티즈 한 마리가 전부였다. 부산에 사는 큰 딸, 미국에서 건너온 둘째 아들이 함께 찾아와 프로그램을 의뢰했다. 어머니 떠난 빈자리에서 아버지가 겪을 슬픔과 고독의 충격을 덜어낼 방법이 혹시 있지 않을까. 안성에서 딸기 농사를 짓는 큰아들은 애위사 사무실에 와서까지도 쓸데없는 돈을 쓴다며 시종 불편한 기색이었지만 쓸데없는 돈을 쓰는 일은 어차피 그의 몫이 아니었으므로 큰 마찰은 없었다. 할아버지를 직접 만나본 바 아내 떠난 지 삼 주 아니라 삼십 년은 된 듯 초연한 얼굴이었다. 큰아들 말마따나 쓸데없는 일을 벌이는 게 아닐까 싶었다. 비닐하우스에서 농약을 마신 그가 아내 곁으로 떠났다는 소식을 전해들은 것은 그로부터 두 달 뒤였다. 주름 깊은 얼굴 뒤에 숨은 감정을 눈치 채지 못했던, 굳이 따진다면 그것이 애위사의 실수였다.

다음 날이 발인이다. 다른 사람도 아니고 의뢰인이 직접 연락을 해왔다.

"담담한 목소리였어요. 이러저러해서 그렇게 되었다, 어느 병원 장례식장이다, 언제가 발인이다…….."

"다른 이야기는 없었고?"

아침 일찍 백강선 씨의 전화를 받아야 했던 은원이 대꾸했다.

"열세 살짜리 딸이 간밤에 자살했다고 말하는 아버지가, 무슨 이야기를 더 하겠어요."

문제라면 애위사를 대표해 조문을 보낼 이가 누구냐, 였다. 누가 갈 것인가. 누가 책임지고 나서서 얼굴을 비칠 것인가. 서로가 서로의 얼굴만 둘러보고 있는데 검지로 관자놀이를 꾹꾹 누르던 대표이사 홍순도가 그 손가락으로 한 사람을 가리켰다.

"나요? 아니 내가 왜."

차연이 놀라 반쯤 일어섰다.

"그럼 내가 갈까?"

검지를 구부려, 화장실 문을 노크하듯, 회의실 탁자 위를 똑똑 두드린다.

"이럴 때 막내가 안 나서면 누가 나서냐. 가서 인사드리고 와. 따귀를 고이 맞고, 저주의 욕을 퍼부으면 달게 듣고."

"너무하시네. 아휴."

"장례식장 하루 이틀 다니냐? 금요일에 멋대로 결근한 벌이야. 그렇게 알아."

휴가철이다. 거리의 사람들이 반으로 줄어든 것 같았다. 길음동 한음대학병원. 열세 살 소녀 승민의 마지막으로 머무는 자리, 영안실 205호. 오후 4시가 애매하기도 했지만 한산해도 너무 한산했다. 해운대 바닷가에서 부고를 접하고 미간을 살짝 찌푸렸을, 영영 오지 않을 문상객들에 대해 잠깐 생각했다. 빈소에는 향내가 잔잔하고 영정 속 얼굴은 너무도 밝게 웃고 있었다. 마음이 벽돌처럼 무거웠다. 국화 한 송이를 바치고 길게 절을 올렸다. 레드제플린이라도 준비해 올 것을.

검은 두 줄 완장을 찬 백강선 씨는 지치고 넋 나간 얼굴임에도 어렴풋이 차연을 기억했다.

"바쁘실 텐데 이렇게."

"저희가 정말…… 뭐라고 드릴 말씀이 없습니다."

목구멍에 뭐가 단단히 걸려서 기본적인 인사조차 건네기
가 쉽지 않았다.

"식사나 하고 가시지요."

멱살을 잡아 흔들고 눈물을 터뜨린다면 오히려 마음이 편
할 것 같은데.

"이쪽으로 앉으세요. 뭐 좀 내오겠습니다."

"아니, 괜찮습니다. 놔두세요."

쟁반을 받쳐온 도우미가 음식들을 척척 내려놓았다. 상
위에 놓이는 스티로폼 접시들과 그 안에 정성 없이 담긴 찬
들. 익숙하기 그지없는 장면이었지만 오늘따라 모욕이라도
당하는 기분이었다. 맞은편에 앉은 남자가 하아, 숨을 뱉었
다. 무거운 등짐을 잠깐 내려놓은 토목현장의 노동자처럼.

"세 식구 가운데 두 명이 이렇게 떠났어요. 내가 좀 헷갈
립니다. 지금 나 혼자 살아 있는 건지. 나 혼자 세상을 떠난
건지."

"……기운 차리셔야지요."

소주 한 모금이 쓰디썼다. 이 남자가 기운을 차려야 할 이
유가 세상에 있을까?

"팔자가 원래 이렇게 생겨먹은 모양이겠지요. 나란 인간은."

"죄송합니다. 저희가 큰 죄를 졌습니다."

"그런 말씀 마세요. 그래도 덕분에, 승민이가 며칠은 행복했으니까요."

7월 마지막 날 성북구 장위동 삼광연립 103동. 세상 떠난 아내이자 엄마의 혼을 잠시 불러들이는 의식이 막 끝나던 즈음이다. 이 날의 숨은 주인공 승민은 어느새 자기 방으로 돌아가 있었다. 프로그램 내내 눈물은커녕 미간조차 찡그리지 않던 아이였다. 침대 위에 쪼그려 앉아 하염없이 스마트폰을 만지작거리는 승민을 만났다. 우리 때문에 화났니? 그런 대사가 떠올랐지만 입 밖에 내지 않는 편이 좋을 것 같았다. 차연이 침대 모서리에 앉았다. 승민은 고개를 들지 않았다.

"엄마를 이해해야 한다."

"······."

"예전의 엄마가 아니라 지금의 엄마를."

"······."

"엄마를 사랑한다면, 너도 아까 충분히 느꼈을 거야. 엄마가 얼마나 슬퍼하고 있는지. 얼마나 후회하고 있는지. 그런 엄마를 위해서 네가 해줄 수 있는 게 무엇인지."

"⋯⋯."

"사람이 죽으면, 비록 잘못된 생각이나 오해 속에서 평생 살아왔던 사람도 죽고 나면, 더 널리 더 깊이 세상을 이해하는 지혜가 생기거든. 엄마도 저 세상에서 깨닫고 계실 거야. 승민이 너를 위해 자신이 할 수 있는 기도가 무엇인지를. 때가 늦긴 했지만, 원래 마음이란 건 시간의 순서도 삶과 죽음의 경계도 없는 법이니까."

스마트폰을 움켜쥔 채 승민이 웅얼거린다.

"무슨 이야기가 하고 싶은 데요."

"무슨 이야기가 듣고 싶은 거니."

"별로요."

"마음에 대해서, 더 많이 알 필요가 있어. 네 마음에 대해서."

"⋯⋯."

"더 솔직해질 필요가 있단 말이야. 다른 사람이 아니라 바로 너 자신에게."

"내가 나를 속이기라도 했단 말인가요."

"엄마가 걱정이 많으셔. 유진이라는 친구 있니? 걔 전화도 안 받고. 상담선생님 질문에는 죄다 거짓말로 대답하고.

점심에 닭날개 간장조림도 다 남기고. 시장에서 파는 거, 좋아했다면서."

얼음 조각 같던 승민의 얼굴에 한 순간 미세한 균열이, 아주 잠깐이지만, 스쳐갔다. 그랬던 것 같다.

"엄마 때문에 그러는 것들이 결국 죽은 엄마를 더 힘들게 만드는 일이라는 사실을, 네 마음은 알고 있어. 하지만 넌 내내 모른 체하고 있잖아. 안 그래?"

요로결석 같은 내면의 응어리에 어떤 변화를 줄 수 있다면, 때로 그것이 세상 어느 위로의 손길보다 중요한 의미가 된다.

"저 남자 좋아해?"

"……어떤 남자요."

"저기. 타이즈 입은 남자."

침대 맞은편 벽, 긴 금발을 무성하게 늘어뜨린 청년이 스탠드 마이크를 쥐고 허리를 꺾었다. 잠옷 같은 상의를 풀어 헤쳤고 면바지는 성기가 불룩하게 드러날 만큼 폭이 좁다. 1973년 공연일 것이다.

"타이즈 아니거든요."

"로버트 플랜트라니. 맙소사."

"알아요?"

"조금."

"레드제플린 노래밖에 안 들어요."

"아니 왜?"

"섹시하니까."

할 말을 잠깐 잊는다. 섹시하다는 말을 접하면, 그게 어떤 상황이건, 섹스하다라는 말이 거의 자동적으로 떠오르곤 한다. 섹시해서 섹스하다. 섹스해서 섹시하다. 도대체 열세 살짜리 아이의 방에 섹시한 레드제플린이라니.

"프레디 머큐리는 어때. 조지마이클도 섹시하지 않아?"

"머슴들 같아요."

그리고는 입가를 일그러뜨리며 피식 웃었던가. 웃어라. 웃어야지. 소리 내어 울든지 소리 내어 웃으렴. 창백한 안색은 버리고 소리를 질러. 로버트 플랜트 말고도 네가 만나야 할 것은 엄청나게 많으니까.

애위사를 만난 이후, 아이는 많이 달라졌다. 그러고자 노력하는 모습이 보였다. 이틀 전에는 아빠와 같이 영화관에도 갔다. 영화 끝나고 패밀리레스토랑에 가서도 잘 먹고 잘 마시고 대화도 제법 나누었다.

"지금 와서는 이런 생각도 드네요. 녀석이 자기 딴에 어떤 입장을, 나름대로 생각을 정리했던 것 아닌가. 이를테면 삶과 죽음에 대한…… 그래서 그렇게 달라졌던 것이었던가. 글쎄요. 결국 모르는 일이겠지요. 지금 와서는."

　전 의뢰인이 따라주는 대로 소주 한 병을 넙죽넙죽 다 비웠다. 누군가 쭈뼛쭈뼛 찾아왔다. 교복 치마를 입은 10대 조문객 세 명. 텅 빈 장례식장을 한참 기웃거리더니 훌쩍훌쩍 입을 막고 울기 시작한다. 어둔 숲 속에서 길 잃은 아이들처럼. 무릎을 짚고 힘겹게 일어선 상주가 분향소를 향해 천천히 멀어졌다. 도망치듯 그곳에서 빠져나왔다. 하루 이틀 다니는 장례식장이 아니건만, 더는 자리를 지키고 있기 힘들었다. 누군가의 거센 손아귀가 심장을 꽉 잡아 쥐었다가 놓는 것 같았다.

　맞춤하게 비가 내려주었다. 길고 긴 장마였다. 우산을 펴고 걸었다. 바짓단이 금세 젖어 축축해졌다. 우산 따위 내던지고만 싶었다. 씨근덕거리며 계속 걸었다. 애위사 사람들이 그 집에 몰려가서 한바탕 난리 굿판을 벌이지 않았더라면. 마음의 흙탕을 공연히 휘저어놓지 않았다면. 그랬더라면 지금과 다르지 않았을까. 적어도 지금과 같은 상황은 피할 수 있지 않았을까.

　종암동. 월곡동. 장위동. 익숙지 않은 거리를 걸었다. 방향 모르고 계속 걸었다. 오고 가는 행인들과 우산살이 마주

부딪치고, 젖은 아스팔트를 달리는 타이어 소리들이 소란스러웠다. 바람이 불 때마다 오염된 비의 냄새가 코를 찔렀다. 대학교가 멀지 않은 재래시장 골목. 반찬가게 건너편 선술집에 걸인처럼 찾아들었다. 초라하고 복잡한 차림표를 한참 읽다가 동태전과 막걸리를 시켰다. 비 오는 시장 골목. 탁자 네 개뿐인 가게에 이십 분 간격으로 사람들이 들고 났다. 장례식장에서 정신없이 받아 마신 낮술이 슬그머니 저녁술로 이어졌다.

막걸리 두 통을 비우고 시장 골목을 벗어났다. 비는 그치지 않았고 저녁이 가까워지면서 그 냄새가 더욱 탁해졌다. 원형이 생각났다. 원형이 보고 싶었다. 당장 그녀를 만나지 않으면 안 될 것 같았다. 우산을 쥐지 않은 손으로 꼼지락꼼지락 전화를 걸었다. 받지 않는다. 마주오던 노란 우산이 얼굴에 물방울을 뿌리고 지나쳐간다. 다시 전화를 걸었다. 지금은 전화를 받을 수 없다는 메시지가 이어졌다. 위치를 알았다면 그녀의 네일숍으로 당장 쫓아갔을 것이다. 손을 잡아줄 사람이 필요해. 손을. 정신없이 거리를 걸으며 일곱 번 정도 전화를 걸었다. 그리고 절박한 문자를 보냈다. 어디에요. 통화 좀 해요.

거리에 어둠이 내렸다. 비가 밤새 내릴 모양이다.

길 한복판에서 걸음을 멈추고 사방을 둘러보던 차연이 아아, 신음했다. 여기가 어딜까. 도대체 어쩌다 여기가 어딜까 궁금해지는 동네까지 떠내려온 걸까. 국산맥주 로고가 반짝이는 1층 카페에 들어갔다. 귀가 아프고 골이 아픈 음악소리. 젊고 어린 남녀들이 쉴 새 없이 맥주를 마시고 담배를 피우고 웃음을 터뜨리고 욕설을 내뱉는 중이었다. 근방에서 멀지 않은 대학교나 그로부터 멀지 않은 대입학원에서 온 청년들일 것이다. 동료 잃은 밀항자처럼 출구를 등지고 앉아 홀로 병맥주를 마셨다. 한 시간 이상은 버티기 힘든 곳이었다. 무거운 유리문을 밀고 나오다가 휘청, 넘어지고 말았다. 문턱에 채인 발끝이 시큰하고 엉겁결에 아스팔트를 짚은 손바닥이 얼얼했다. 추한 뒷모습을 감추고자 저 앞에 멈춰선 택시를 향해 달려갔다.

어디로 모실까요.

우산을 언제 어디서 잃어버렸는지 기억이 나지 않았다. 그래, 이런 건 견디기가 좀 힘들구나. 혼자서 이렇게 된다는 것은.

손님.

택시기사가 백미러 너머로 차연을 살폈다. 죽은 아이 때문인지 죽은 아이 때문이라고 할 수밖에 없는 자기 처지 때문인지 모를 일이다. 비참한 음주. 애위사 사람들은 모두 퇴근을 했을 것이다. 밤의 택시가 어둠을 달린다. 이언이나 은원에게 전화를 해볼까. 미친 척 취한 척 욕설을 뱉어볼까.

적지 않은 요금을 지불하고 택시에서 내린 뒤에야 여태 무엇을 하고자 했던 것인지를 이해할 수 있었다. 신림동 초등학교 골목. 스타빌 현관은 불이 꺼져 있다. 원형과는 여전히 통화가 되지 않고 있다. 문자 답장조차 없었다.

3층 복도. 조용하다. 누군가 잠들었거나 아직은 귀가하지 않았을 원룸의 시간. 도어락 뚜껑을 열었다. 그리고 기억 속에 생생한 비밀번호를 눌렀다. 181818.

차라락.

경쾌한 금속음과 함께 문이 열렸다. 세상 모든 무단 침입에는 저마다 간절한 사연이 깃들어 있다. 집 안에는 아무도 없었다. 뚱보 털뭉치 네오도 어디로 밤마실을 나간 모양이다. 비 냄새가 차단된 실내. 고요히 가라앉은 공기더미가 모래언덕처럼 푸수수 흩어지고 있다. 충분히 취했고 또 졸려웠다. 불도 켜지 않고 옷도 벗지 않고 베개도 깔지 않고 컴컴한 원룸 바닥에 엎드렸다. 접이식 침대 아래, 한때 술상이 놓이기도 했던 현관과 침대와 책상 사이의 좁은 공간. 편안했다. 오랜 시간 사용한 관 속처럼. 우웅 우웅. 냉장고 컴프

레서 돌아가는 소리가 깊이 잠든 숨소리같이 이어졌다. 끈적한 슬픔이 몰려왔다. 끈적한 잠이 쏟아졌다. 방바닥에 맞닿은 뺨이, 가슴이, 허벅지가, 달궈진 프라이팬 속 버터처럼 달콤하게 녹아들고 있다.

그래 이거야.

바로 이런 게 위안이야.

06 물건의
   어떤
   측면

7시 18분. 죽음처럼 깊은 잠이었다. 원형의 원룸. 원형은 없었다. 침대 모서리에 주저앉아 눅눅한 잠기운을 털어낸다.

어제 무슨 일이 있었던가.

책상 구석에 쪼그려 앉아 있던 네오가 냐아, 울었다. 저 녀석은 언제 돌아왔을까. 컴퓨터 책상에 앉아 전원을 켠다. 부팅이 되는 동안 전화기를 만지작거린다. 부재중전화도 문자메시지도 오지 않았다. 원형에게 전화를 걸어볼까.

나에요. 지금 신림동이에요. 스타빌 303호. ……아뇨, 지금 온 게 아니라, 어제 여기서 잤어요. 예? 그럼 혼자 있지 누굴 데려왔을까. 원형은 지금 어딘가요. ……아, 그래요? 그럼 금방 올 수 있겠네?

아니다. 오늘은 어제와 다른 날이니까. 인터넷을 열어 이메일을 살피고 SNS에 들어가서 쪽지를 열어보고 포털사이트에 들어가 새로운 뉴스들을 뒤적인다. 뒤적이며 어제 저녁을 돌아본다. 술에 취했다. 또 혼자 술에 취했다. 승민의 장례식장에 갔었지. 오른쪽 손바닥에 빨갛게 긁힌 상처가 있다. 생맥줏집에서 나서던 당시의 상황을 머릿속에서 생생히 재연할 수 있다. 뭐, 별다른 사고는 없었던 것 같군. 그렇겠지. 확실치는 않지만. 배가 고팠다. 뜨끈한 국물 생각이 났다. 싱크대로 가서 찬장을 뒤졌다. 라면이 있을까. 다섯 개 들이 번들 봉투 안에 라면이 두 개 남아 있다. 빨리 끓이자. 먹고 출근해야지. 마음 바쁘게 냄비에 물을 올렸다. 냉장고 안에 먹을 만한 김치가 없나 뒤진다. 작은 유리그릇에 시큼한 오이김치가 반쯤 담겨 있다. 이 정도면 충분하다.

컴퓨터 책상에 라면 냄비와 김치 그릇을 올려놓았다. 계란을 넣을 걸 그랬나. 찬밥이 없다니 애석한 일이다. 라면을 후루룩거리며 다시 인터넷을 뒤적였다. 아침에 먹는 라면은 늘 실망스럽다. 물을 많이 넣어도 그렇고 적게 넣어도 그렇다. 3분의 1쯤 남긴 냄비와 김치 그릇을 들고 자리에서 일어섰다. 바로 그때다. 뜻밖의 물건이 눈에 들어왔다. 처음부터 그 자리에 놓여 있었던, 틀림없이 그러했을 물건이다. 그러나 차연으로서는 여태 인식 못했던, 따라서 이전에는 없다가 문득 나타난 것, 다시 말해 존재가 새로이 시작된 것, 이라고 말할 수 있을.

상자였다. 종이 상자. 분홍 바탕에 십 원짜리 동전 크기의 회색 물방울무늬가 연속적으로 찍힌. 모니터와 오른쪽 스피커 사이에 그런 물건이 놓여 있다. 그 양감이 사무치도록 서먹하다. 이게 언제부터 이 자리에 있었을까. 팔십 년 전부터?

싱크대의 물을 틀고 남은 음식들을 개수대에 부었다. 수세미에 주방세제를 묻혀 거품을 내고 빠른 손놀림으로 냄비와 수저와 그릇을 헹궈 설거지통에 얹은 뒤 거름망에 고인 음식물 쓰레기를 비닐봉투에 털어 담았다. 젖은 손을 옷에 문질러 닦으며 싱크대에서 바삐 물러섰다. 이제 집을 나서야 할 시간이다. 머릿속이 조금 복잡했다. 컴퓨터 책상으로 돌아가 마우스를 쥐었다. 컴퓨터를 끄고는 모니터 옆에 놓인 물건을 다시 노려보았다.

분홍 바탕의 회색 물방울무늬 상자. 설거지를 하는 내내 머릿속에 콱 박혀서 떠날 줄을 모르던. 그 물건의 어떤 측면이 이토록 끈적끈적한 호기심과 궁금증을 유발하는 것인지 이해할 수 없었다.

책상 위로 손을 뻗어 예의 물건을 집어 들었다. 한 손으로 쥐기에 꽉 차는 크기. 뜻밖에 가볍다. 키보드를 치운 공간에 상자를 올려놓았다. 조심히 뚜껑을 연다. 보안 장치 같은 것은 물론 없다.

네 개의 보석함이 들어 있다. 뚜껑이 둥근 짙은 남색의 벨벳 보석함. 세 개는 상자 바닥에, 하나는 그 위에 얹어져 있다. 면적 때문이다. 각각의 보석함에, 옆구리 거의 비슷한 위치에, 작은 스티커가 붙어 있다.

박종순. 최이중. 남수지. 서선일.

스티커에 적힌 글자들이다. 사람 이름이다. 아마도 그럴 것이다. 보석함 안에는 뭐가 들어 있을까. 더 작은 상자가 여덟 개씩? 애초부터 분홍색 종이상자에 손을 대지 않았다면 모를까, 차연의 몰상식한 호기심을 막을 수 있는 것은 이제 없었다.

알이 굵은 진주 목걸이.

남성용 스포츠 전자시계.

둘둘 말린 이어폰.

벽돌색 체크무늬 천 조각.

네 개의 보석함에 각각 담긴 물건들은 그러했다. 이게 뭐지? 실망스러웠다. 그러나 둥실 떠오른 호기심을 잠재울 정도는 아니었다. 아니, 그 반대였다.

진주 목걸이는 누군가 오랜 세월 사용했던 물건이다. 진주 목걸이에 대해 아는 바는 없지만 척 보기에도 그렇다. 전자시계도 대체로 깨끗하지만 새 제품은 확실히 아니다. 게다가 분명한 남성용이다. 이어폰 역시 두말할 나위 없는 중고품이다. 반질반질 닳은, 귓구멍에 꽂는 고무 부분을 살필 필요도 없다. 그리고 벽돌색 체크무늬 천 조각. 이게 가장 난해했다. 세 가지 물건으로 미루어, 이 역시 누군가 지니고 있던 물건-옷에서 잘라낸 천 조각-아닐까 하는 추측이 가능할 뿐.

책상 위에 일렬로 늘어놓은 물건들을 신중히 노려본다. 버려진 등산가방 속의 오래된 뼛조각을 관찰하는 법의학자처럼.

박종순 최이중 남수지 서선일.

이 사람들은 누굴까. 원형과는 어떤 사이일까. 허접하기 그지없는 물건들과는 어떤 사연을 나눠가지고 있을까.

각각의 물건들을 각각의 보석함에, 원래 있었던 모습 그대로, 조심조심 담는다. 내용물이 바뀌어서는 안 될 일이다.

네 개의 보석함을 또한 종이상자에 원래 있었던 모양 그대로 담고 뚜껑을 덮는다. 모니터에 옆에 상자를 내려놓고 치워두었던 키보드를 다시 옮겼다. 책상 위가 예전 모습 그대로 복원되었다. 달라진 건 없(어 보인)다. 라면 냄새처럼 머릿속에 남아 떠도는 물음표들을·제외하고는.

컴퓨터 책상에서 바삐 물러섰다. 이제 가야 한다. 신림동에서 마포까지, 지금 당장 출발하면 지각을 면할 수 있을지 모른다. 현관에 서서 신발을 신는데 네오의 울음소리가 쫓아왔다. 냐아오.

"형 간다. 집 잘 지키고 있어."

마포3동 재경빌딩 4층. 애도와 위안의 사람들.

사무실에 도착해, 제일 먼저 검은 양복과 하얀 와이셔츠를 벗고 평상복으로 갈아입는다. 탈의실 옷장에는 검은 양복과 하얀 와이셔츠를 비롯한 여벌의 예복들이 늘 준비되어 있다. 벗은 양복에서 소지품들을 챙겼다. 벨트를 풀고 지갑을 꺼내고 수첩과 열쇠꾸러미를 꺼낸다. 그리고…… 어라? 양복 상하의를 열나게 더듬던 차연이 낮게 신음했다. 아. 없다.

핸드폰이 없다. 원형의 집에 놓고 온 모양이다.

더듬더듬, 칠흑 어둠 속에서 낯선 이의 얼굴을 만지듯 기억을 더듬는다. 컴퓨터 책상에 앉아 라면을 먹던 때다. 문자 오는 소리에 전화기를 꺼낸 적이 있다. 그걸 마우스패드 옆에 무심코 내려놓은 기억이 난다. 그러고는 챙기지 않았던 모양이다. 흘려서. 종이상자에 까무룩 흘려서. 현관에서 네오에게 작별인사를 건네며 뭔가 찜찜했던 건 바로 이 때문이었다. 정신 나갔네. 아무래도 뇌에 무슨 문제가 있는 모양이야. 알코올성 치매 같은. 어떻게 해야 하나. 당장 신당동으로 되돌아가는 장면을 그려본다. 차를 몰고 다녀오면 한 시간 반 정도 걸릴까. 뜻밖의 조바심에 머리끝이 뜨끈해진다.

강물에 빠졌던 사람 같은 기색으로 아침 회의에 참석해 전날의, 877번째 의뢰인이 상주로 있는 장례식장 조문 건에 관해 보고했다. 그래도 덕분에, 승민이가 며칠은 행복했으니까요. 다른 이야기는 없었고? 헷갈린다고 하더군요. 뭐가? 지금 자기 혼자 살아 있는 건지, 자기 혼자 세상을 떠난 건지. 밤사이 새로이 탄생한 죽음들에 대한, 새로운 슬픔에 빠진 사람들에 대한 이야기들이 이어졌다. 심히 우울하고 마음 불편했다. 스타빌 303호, 마우스패드 옆에 놓여 있을 전화기를 생각하자니 그러했다.

회의 끝나고 자리로 막 돌아와 앉았을 때다. 누군가 회사 전화로 차연을 찾았다. 10시 38분이었다.

"전화 바꿨습니다."

—거기가 슬픔에 빠진 사람을 위로해주는 곳인가요?

"……원형?"

—딱 맞추시네?

"놀래라. 지금 어디에요."

—놀라긴. 집이죠.

신림동 오피스텔을 떠난 지 세 시간이 조금 못 된다. 원형
은 그새 집에 돌아온 모양이다. 거짓말을 하는 게 아니라면
말이다.

—어제 무슨 일 있었어요?

"일이라뇨."

—전화랑 문자랑 엄청나게 했더군요. 못 받아서 미안해요.

"…… ."

—여행 갔었어요. 전화기를 가방에 쑤셔 넣고는. 배터리
나간 것도 모르고.

"그랬군요."

—그런데요, 참 희한하죠?

"뭐가요."

여행 가방을 열고 잠든 전화기를 살려내고 보니 부재중전
화와 문자가 열다섯 통도 넘었다. 전날 5시부터 8시 사이,

모두 한 사람으로부터 걸려온 신호였다. 두세 통이라면 사연이 궁금했겠지만 열다섯 통이었기에 걱정이 앞섰다. 무슨 사고라도 생긴 것일까. 얼른 전화를 걸었다. 그런데 참 희한한 일이다. 집 안 어딘가에서 느닷없는 벨소리가 터져 나왔다. 놀란 원형이 미어캣처럼 고개를 쳐들었다. 뭐야, 어디서 나는 소리지?

—책상 위에 애가 있더군요. 이거 차연 거 맞죠? 파란색 케이스.

"그럴 걸요."

—도대체…… 여기 왔었어요?

"어젯밤에."

—자고 간 거예요?

"예."

—나 참.

"전화도 안 받고. 문자도 계속 씹고. 술도 취하고. 집에 쫓아가서 기다리다 보면 원형을 만날 수 있을 것 같아서."

—……무슨 일이 있었나요.

"위로가 필요했거든요."

—위로?

"하여간 그런 일이 있었어요. 궁금해요?"

퇴근 후 원형의 네일숍으로 찾아갔다. 신촌 역 9번 출구. 1층에 패스트푸드점과 서점이 있는 건물 5층이다. 미용실 같기도 하고 화장품 가게 같기도 하며 백화점 고객 상담실 같기도 한 분위기. 서원형 님 계신가요. 그러자 마침 앞을 지나가던 오렌지색 단발머리가 이유 없이 웃었다. 예약하고 오셨나요? 통로 저편에서 귀에 익은 목소리가 들려왔다. 들어오시라고 해. 오렌지가 다시 웃으며 복도 끝을 가리켰다. 저쪽으로 가세요. 댄스가요가 시종 나직하게 쿵쿵거리고, 종류 모를 방향제 냄새가 상쾌하게 떠돌고 있다. 통로 오른편의 아담한 방. 가슴까지 내려오는 망사 가리개를 걷자 원형이 보였다.

"왔어요?"

차연이 무람하게 손을 흔들었다.

"찾는 데 어렵지 않았어요?"

"별로요."

"자, 이거."

전화기를 건넨다.

"충전 다 해놨어요."

"고마워요."

"핸드폰을 진짜 잃어버리기도 하시네."

"응?"

"그 핑계로 전화번호만 잘 따는 줄 알았더니."

원형이 히히 웃었지만 차연은 따라 웃을 수 없었다. 낯모르는 사람이 있었기 때문이다. 원형의 맞은편 소파에 누군가 앉아 있다. 손톱 관리를 받으러 온 손님 같지는 않다.

"실례 많았어요, 주인도 없는 집에서."

"다음에는 내가 있을 때 와요."

"……가볼게요 그럼."

"어딜요."

"집에 가야죠."

원형이 눈을 크게 떴다.

"완전 어이없는 분이시네. 가긴 어딜?"

"어라."

"여기가 오고 싶으면 마음대로 오고 가고 싶으면 마음대로 갈 수 있는 덴 줄 알아요? 어서 앉아요."

오렌지가 찻잔을 들고 나타났다. 테이블 똑같은 모양의 찻잔이 세 개로 늘어났다. 마지못해 소파 옆 간이의자에 앉았다.

"인사해요. 여기는 조안이라고, 음악 하는 친구에요. 베이스 치는."

"한차연입니다."

조안이 꾸벅 고개를 숙였다. 왼쪽 콧방울에 달린 은색 링이 귀여웠다.

"미인이죠?"

"예."

조안이 입을 크게 벌리고 웃었다. 원형이 따라 웃었지만 차연은 이번에도 웃지 않았다. 아무래도 방금 전까지, 차연에 대한 이야기를 나누었던 것 같다. 어쩐지 분위기가 그렇다. 그런 분위기가 어떤 분위기인지는 설명하기 어렵지만.

"하여간 오늘 대단한 날이네요. 겹쳐도 이렇게 겹칠 수가 있나."

"겹쳐요?"

"사람. 인연. 만남. 그런 거. 차연도 한몫 했죠. 아니 그런데, 정말 가려고 했어요? 물건만 냉큼 챙겨서?"

"손님도 있으시고."

"아무리 그래도. 어제는 전화를 열세 통이나 걸어놓고는."

"열세 통이나 걸 줄 알았으면 애초에 시작도 하지 않았을 거예요."

"갈 데가 있어요. 차연도 같이 가요. 소개시켜줄 사람이 많아요."

"어딜 가나요."

"페이스."

"페이스?"

07 One
Of
These
Nights

서교동 Face. 여덟 계단을 밟고 내려가면 벽면을 따라 영화 포스터들이 큼직하게 붙어 있다. 주연배우의 얼굴이 전면을 차지하고 있는, 대부분 그런 포스터들이다. 흰 치아를 드러내고 환히 웃는 얼굴, 무표정하게 눈 감은 얼굴, 상처와 분노로 가득한 얼굴, 익살스럽게 미간에 주름을 잡은 얼굴. 서른 개는 넘는 얼굴들이 어둔 실내에 웅크린 사람들을 바라보는 중이다.

출구에서 가장 멀리 떨어진 테이블. 하얀 와이셔츠를 입은 남자가 등을 보이고 앉아 있다. 혼자 술을 마시는 중이다. 사람들이 다가가자 표정의 변화 없이 어, 중얼거린다.

와이셔츠 색깔만큼이나 창백한 얼굴이다.

"일찍 오셨나 봐요?"

"두 시간 전에요. 갈 데도 없고."

원형이 차연을 가리켰다.

"손님이 한 분 늘었어요. 여기는 한차현 씨."

"현이 아니라 연입니다. 한차연."

"어머나."

"안녕하세요."

남자가 책을 읽듯 인사했다. 입술이 아니라 눈으로 말을 건네는 사람 같다. 남자 옆에 조안이 앉고 차연 옆에 원형이 앉았다.

"이제 한 사람만 더 오면 되겠네."

"언제 오신대요?"

"전화 주기로 했어요. 지금 몇 시야."

"8시요."

베이시스트가 술병을 들어 무색투명한 액체를 차연의, 원형의, 남자의, 자신의 잔에 차례로 따른다. 보드카다. 이어 각각의 잔에 얼음과 자몽 주스와 홍초 약간을 요령껏 붓는다. 붉은 액체가 홍초인지 차연은 알지 못했다. 석류 홍초에요, 이거 꽤 괜찮아요, 종알거리는 소리를 듣기 전까지는.

"자, 한 잔씩 합시다."

하얀 와이셔츠와 베이시스트, 원형. 세 사람은 어제 오후 충청북도 E읍에서의 모임에 참석해 함께 하루를 보냈다. 오늘 아침 일찍 그곳을 떠난 원형은 오전 10시쯤 서울에 돌아왔으며 창백한 남자가 서교동에 도착한 것은 오후 6시, 그가 말한 것처럼 두 시간 전이었다. 반나절 만에 세 사람이 다시 만난 것은 전날 모임의 '어떤 부분'에 대한 의견을 나누기 위해서였다. 모임에 관한 의견이되 모임 안에서보다는 밖에서 나누는 것이 더 적합할 종류의 이야기였다. Face에 모인 세 명은 말하자면 이 조심스러운 의견을 대표하는 소수자들이었다. 사흘 뒤 E읍에서는 어제와 같은 1박2일 모임이 다시 있을 예정이다. 어젯밤 행사는 사흘 뒤를 위한 예비 모임의 성격이었으며, 세 사람으로 대표되는 소수 의견 역시 사흘 뒤의 모임과 긴밀히 관련된 내용들이라고 할 수 있었다.

"저 영화, 본 적 있는데."

네 사람이 앉은 자리에서 가장 가까운 위치의 영화 포스터. 새하얀 얼굴의 이국 여성이 눈을 크게 뜨고 있다. 공포에 질린 입술. 보석처럼 투명하고 새파란 것이 되레 비현실적으로 보이는 눈동자. 여자의 뺨 위에 다음과 같은 카피 문구가 적혀 있다. 눈을 뜨는 순간, 모든 얼굴이 뒤바뀐다! 차연이 베이시스트의 혼잣말에 껴들었다.

"나도 본 것 같아요. 사람 얼굴을 못 알아보는 여자 이야기죠?"

"맞아요. 안면인식장애."

"딱 내 이야기네."

"사람 얼굴, 기억 잘 못하세요?"

"머리가 나빠서요."

"저도 딱 그래요."

9시가 넘자 실내 분위기가 일순 바뀌었다. 보드카 칵테일을 다섯 잔째 비우던 즈음이다. 음악소리가 커지고 홀 중앙의 조명이 밝아졌다. 밝아졌다기보다 울긋불긋 야해졌다. It's Face Time. 불빛 속으로 사람들이 하나둘 모여들었다. 작게 수줍게 약간은 어색하게 시작해서 점점 크고 과감한 동작으로 춤을 추기 시작한다. 원형이나 차연보다는 베이시스트나 하얀 와이셔츠와 엇비슷한 나이들이다. 알아서 나가세요. 춤추고 싶은 사람은. 하얀 와이셔츠가 시무룩이 말했다. 거울 속 자신에게 속삭이듯. 오늘 밤 Face에서 모이기로 한 사람은 모두 다섯 명. 한 사람에게서는 아직까지 전화가 오지 않고 있다.

"성, 이, 연?"

그 이름 앞에서 차연이 고개를 갸웃거렸다.

"몰라요?"

"글쎄요."

"정말 모른다고? 정말?"

"……."

"생각을 좀 정성껏 해보지 그래요."

"……내가 기억해야 하는 사람인가요."

그러자 원형은 유쾌하기 그지없는 경멸의 표정을 지었다.

"이거 봐 이거 봐. 내 이럴 줄 알았다니까."

사연을 알고 보니 대놓고 큰소리 칠 이유가 분명했다. 종로 2가에서 함께 아침을 먹던 날, 비워진 설렁탕 뚝배기와 깍두기 접시 사이로 명함을 내밀었을 때의 그 뜻하지 않았던 반응을 되새겨볼 일이다. 알아요. 애위사. 들어봤어요. 와, 신기하다. 원형에게 애위사에 대해 이야기했다는 사람. 두 번째 만남에서도 그에 대한 이야기가 잠깐 오갔다. 비 오는 날이라 그런지 손님이 유난히 드물고 에어컨 바람이 지나치게 센 참치 횟집에서였다. 안다더군요. 차연을. 별다른 말 안 했어요. 애위사의 차연이란 사람 아느냐. 안다. 어떻게 아느냐. 그냥 안다. 그게 전부니까. 그가 누군지 원형은 끝내 밝히지 않았다. 말해봐야 누군지 기억 못할 것이라는 이유에서였다. 결국 원형이 옳았다. 지금의 상황이라면 말이다. 성이연. 여자 이름이다. 아마도 그러하다. 그런데 누구지? 나를 안다면, 의뢰인 가운데 한 사람인가? 저주스럽도록 변변찮은 기억력이 문제였다. 습관성 알코올성 치매.

그녀가 예고 없던 전화를 걸어온 것은 오늘 아침 8시 50분, 원형이 한참 고속도로를 달리던 즈음이었다. 시속 120킬로미터를 넘나드는 터라 자세한 통화는 못 했지만, 되도록 빨리 원형을 만나고 싶어 하는 눈치였다. Face에서의 저녁 약속에 대해 이야기하자 그녀는 '거기 참석해도 된다면 그것도 좋을 것 같다'고 목소리를 높였다. 전화를 끊을 때까지, 그 후로도 한참 동안, Face에서의 만남에 차연이 합류하리라는 것을 성이연은 알지 못했다. 그것은 원형도 차연도 마찬가지였다. 모든 것은 설렁탕 뚝배기 위를 비행하던 명함에서, 또는 마우스패드 위에 놓고 온 핸드폰으로부터 비롯되었다.

"죽은 이를 위로하는…… 그런 일을 하신다고요."

하얀 와이셔츠가 수줍게 물었다.

"비슷합니다. 죽은 이로 인해 슬픔에 빠진, 그런 분들을 위로하는 일이지요."

"아."

"사랑하는 사람, 누구보다 가깝고 소중했던 사람이 어느 날 문득 세상을 떠났을 때, 그 슬픔 그 충격에서 좀처럼 헤어나지 못하는 사람이 생각보다 많거든요. 홀로 남겨진 슬픔으로 인해 좀처럼 다시 일상으로 돌아가지 못하고 고생하시는 분들이."

"감동적이군요."

"일 자체는 그다지 감동적이지 않습니다."

"슬픔에 빠진 사람을 어떤 방식으로 도울 수 있을는지요."

"쉽지 않죠. 죽은 이를 살려낼 수도 없고. 그렇게 할 수 있대서 해결되는 일도 아니고."

원형과도 이 비슷한 대화를 나눈 적이 있었던 것 같다.

"위로라는 게, 과정이 중요한 것 같아요. 결과보다 과정이."

"과정이라면, 위로의 과정?"

"자신의 슬픔이 다만 자신만의 것은 아니라는 사실. 슬픔 자체보다는 그 속에 매몰된 자기 자신에게 더한 관심을 가지는 이들이 있다는 사실. 때로는 그런 자각만으로도 비로소 위로의 긴 치유 과정이 시작될 수 있는 것이지요."

애위사를 처음으로 소개하는 자리에서, 열 명 가운데 여덟은 조심스러운 미소를 지으며 이렇게 묻곤 한다. 그럼 여기도 상조업체처럼 연회비가 있나요?

"저 개인적으로는 나름 아쉬운 점이 많아요. 말하자면 위로가 필요한 사람들이, 모두 사랑하는 이를 죽음으로 잃은 건 아니니까."

"물론 그렇겠지요."

"오랜 연애에 실패한 사람. 평생 헌신했던 조직으로부터 졸지에 배신당한 사람. 이십 년 동안 모은 돈을 한 순간 날린 사람. 지치지 않는 의욕과 열정 끝에 뭔가를 이루어냈건만 그럼에도 '내가 꿈꿔왔던 게 고작 이거였던가' 싶은 허무를 만나고 만 사람. 슬픔을 위로받을 권리를 가지지 못한 사람은 세상에 없어요. 안 그렇습니까."

애위사 직원들을 포함한 누군가에게 이 비슷한 이야기를 꺼낸 적이, 열다섯 번은 넘고 스무 번은 안 될 것이다.

"그래서, 나중에 경력을 더 쌓은 다음 이야기지만, 뜻 맞는 직원 몇이랑 독립해서 본격적으로 서비스업체를 차릴까 하고요."

"이를테면 위로 서비스?"

"슬픔장애재활클리닉, 이라고 이름 붙여봤어요. 뭐 아직까지는 거의 초등학생 장래희망 같은 수준이지만."

"슬픔장애라. 그렇군요."

"사람들은 슬픔에 빠진 이들에게는 종종 관심을 기울이

지만, 슬픔장애로 남몰래 고생하는 이들에 대해서는 이해 자체가 거의 없는 편이거든요."

"왜일까요."

"슬픔장애란 슬픔 자체보다 썩 과묵한 현상이지요. 지극히 만성적인."

"……."

"팀을 세 개 정도로 나누면 어떨까 싶어요. 1팀은 자기 자신에 대한 문제로 위로와 재활이 필요한 이들을 관리하는 겁니다. 2팀은 남에 대한 문제로, 3팀은 자신도 남도 아닌 문제로 슬픔장애에 시달리는 이들을 관리하고."

"지금의 애위사는, 아마도 2팀에 해당하겠지요?"

"대체로 그렇겠지요."

"그 꿈 꼭 이루시길 빌겠습니다."

"예, 감사."

"그런데요."

하얀 와이셔츠가 다시 수줍게 입술을 달싹였다.

"죽은 사람은, 그렇다면 어느 팀에서 관리해야 할까요."

"죽은 사람?"

"말하자면 지금 막 죽어가는 사람이라든가. 방금 전에 죽은 사람이라든가."

"그건……"

지금 막 죽어가거나 방금 전에 죽은 사람을 위로할 방법 같은 건 세상에 없어요. 원형이었다면 그렇게 대답했을 것이다.

"심각하게 고민하지 마세요. 느닷없이 떠오른 생각이니까."

하얀 와이셔츠가 웃었다. 차연이 따라 웃었다.

텔레비전 속 김연아와 김태희의 얼굴을 구분할 수 없다면 어떤 기분일까. 만난 지 일 년 된 친구의 얼굴은커녕 다섯 종류의 증명사진 가운데 어느 것이 내 얼굴인지 기억할 수 없다면 과연 어떠할까. 북유럽인 1천 명 가운데 스물세 명이 그로 인해 고통 받는다는 안면인식장애. 어느 날 밤 친구들과의 파티 후 집으로 돌아가던 안나는 연쇄살인범의 범죄 현장을 우연히 목격하고, 그를 피해 도망가다가 강으로 떨어져서 머리를 다친다. 일주일 뒤 극적으로 의식을 되찾지만 사고의 충격으로 사람들의 얼굴을 인식 못하는 안면실인증에 걸리고 만다. 가까운 남자친구의 얼굴은 물론 거울 속 자신의 얼굴조차도 알아보지 못하는 특이한 장애를 갖게 된 것이다. 화장실에 가서 길게 소변을 보고 나오다가 걸음을 멈추었다. 1970년대 록음악이 쏟아지는 스테이지 저편에,

지극히 심취해서 홀로 춤을 추는 이가 있다. 지극히 심취해서 홀로 추는 춤이 어떠한 것임을 몸소 보여주는 동작. 베이시스트였다. 개중의 사람들 중에서 단연 돋보인다. 너무 돋보여서 안쓰러울 정도다. 스물한 살이나 스물둘 살 정도인 줄 알았는데 벌써 스물아홉이라고 했다. 스물아홉이라니. 알 수 없게도 가슴이 에였다. 짧은 머리에 화장기 없이 조그만 얼굴. 음악을 한 지는 팔 년째고 그새 싱글 앨범을 세 장 발표했다. 무대에서 락을 연주하기엔 외모도 성격도 너무 얌전한 것 아닌가, 했더니 숨겼던 기운을 지금 제대로 발산하고 있다. 화장실 앞 통로에 멀뚱히 선 차연을 발견한 모양이다. 부지런히 다가와 손목을 잡아끈다.

"우리 춤춰요."

촉촉하게 젖은, 손가락이 길고 부드러운 손이었다.

"오세요. 어서."

난감했다. 춤이라니. 춤이라니.

"아니, 저는…… 좀 이따가요."

매정하게도 손을 뿌리치고 말았다. 무척 미안했지만 어쩔 수 없었다.

자리로 돌아오니 원형은 통화에 열중이다. 상체를 잔뜩 웅크리고 전화기 든 두 손으로 뺨을 감쌌다. 은색 애니콜이다. 은색 애니콜 전화를 받는 원형은 어딘지 심각하다. 어딘지 평소와 다르다. 세상 모든 은색 애니콜 저편에는 어떤 사람들이 있을까.

"나 좀 다녀올게요."

폴더를 딱, 소리 나게 접고는 핸드백을 집어 들고 일어선다.

"어딜요."

"성이연 씨, 근처에 있대요. 모셔 와야 할 것 같아요."

"성이연? 아."

"워낙 수줍음이 많은 분이라서."

"빨리 다녀와요."

손을 흔들어 보인 원형이 부지런히 실내를 가로지른다. 지상까지 연결되는 계단 위로 총총 사라져간다. 남자가 홀로 술잔을 비운다. 동네 세탁소에서 빌려 입은 듯 어딘지 어울리지 않는 와이셔츠. 그의 잔에 술을 채워주었다. 새로운 음악이 시작되었다. 〈One Of These Nights〉. 이글스가 1975년도에 발표한 앨범의 동명 타이틀곡. Face의 음악들은 대개 이런 분위기다. 1975년도 리듬에도 춤을 출 수 있구나.

"어떤 모임인지 궁금하군요."

차연이 배시시 웃었다.

"제가 궁금증이 좀 많은 편이라서."

하얀 와이셔츠는 말이 없다. 차연의 말을 못 들었는가. 다른 생각에 빠져 있는가.

"일종의 봉사 모임이지요. 죽은 이를, 죽은 이의 절망을 위로하는."

지나가 오지 않을 순간들에 대해 말하듯, 한참 만에 그렇게 중얼거린다.

"죄송하지만 조금 어렵군요. 죽은 이의 절망을 위로한다…… 언뜻 위령제라는 단어도 떠오르고."

"자살에 관계된 일입니다."

"자살이라."

차연이 고개를 끄덕였다.

"자살예방 상담전화, 뭐 그런?"

"사람은 누구나 죽지요."

술병을 집어든 남자가, 다시 얌전히 병을 내려놓았다. 740밀리리터 보드카 한 병이 어느새 바닥을 비웠다.

"안 그렇습니까. 죽음이 자신을 찾아오기도 하고. 자신이 죽음을 찾아가기도 하고. 두 존재가 막다른 길 한가운데서 만나기도 하고."

시를 공부한 적이 있다. 단편소설도 네 편을 써봤다. 원고가 어디로 갔는지는 기억나지 않지만. 20대 시절에 한 일이라곤 그게 전부라고 남자는 말했다.

"자살을 꿈꾸는 사람이 있다면, 그 꿈이 그에게 맞지 않는 종류의 것이라면, 생명의전화 상담사들이 그러듯 그 생각을 바꾸도록 도와주는 일이지요. 자살을 꿈꾸는 사람이 있으며 그 꿈이 진정 그에게 합당한 것이라는 판단이 들면, 또한 그 꿈을 이룰 수 있도록 도움을 드리고."

"그 판단을 누가 어떻게 하나요."

"당사자의 의뢰를 받아, 저희 회원들이 일정한 절차에 따른 심사 기간을 갖습니다. 실은 모임에서 가장 예민한 부분이죠."

"그렇다면, 잭 케보키언?"

"케보키언 박사가 안락사를 도운 1백30여 명의 지원자들은 말기 암, 루게릭병, 알츠하이머, 다발성경화증, 척추손상 등으로 하루하루를 고통 속에 연명하는 시한부환자들이었어요. 어떤 면에서는 비슷하군요. 죽을 권리를 개인에게 돌려준다는 점에서."

"죽을 권리라. 그렇군요."

"사는 일이 아무리 힘들고 고달프더라도 결코 희망을 잃지 말라는 강연과 저서로 많은 이들에게 용기를 주었던 행복전도사 최 모 씨가 어느 날 남편과 함께 동반 자살했을 때, 그로 인해 심각한 혼란과 배신감을 느꼈다는 사람들이 적지 않더군요. 삶과 죽음이라는 권리를 스스로 행사하는 문제에 있어 우리 사회가 얼마나 무지한지를 보여주는 장면일 겁니다."

측두엽 손상으로 안면인식장애가 생긴 안나의 일상에 시시각각 위협이 찾아오기 시작한다. 연쇄살인범이 그녀의 얼굴을 알고 있다는 게 문제였다. 그날 밤의 살인마가 자신의 곁을 맴돌고 있음을 눈치 챈 여자는, 그러나 주변 사람들 속에서 그 얼굴을 식별하지 못하기에 더욱 끔찍한 공포에 빠져든다. 거기까지 줄거리를 떠올린 차연이 고개를 갸웃거렸다. 대강의 줄거리는 그러한데, 결말이 어떠했는지는 생각나지 않는다. 아마도 여주인공은 어렵게 그러나 가까스로, 대부분의 헐리웃 영화가 그러하듯, 위기에서 벗어나고 연쇄살인범은 검거되거나 처참한 죽음을 맞이했을 것이다. 그런데 구체적인 장면이 전혀 떠오르지 않는다.

"너무 많아요. 관심을 갖고 주변을 둘러보시면 금방 찾아볼 수 있습니다."

"자살하려는 사람들 말인가요."

"사무치는 슬픔과 두려움과 고독과 곤란 속에서 쩔쩔매는 그네들의 가련한 처지를 상상해보세요. 목 매달 줄을 천

장 어디쯤에 어떻게 묶어야 할지 모르겠고, 투신을 하려 해
도 옥상이 개방된 건물을 도통 찾아볼 수 없고, 치사량에 이
를 분량의 약을 구하기가 쉽지 않고. 몇 해 전의 참담했던
자살 미수 장면이 떠올라 또 그렇게 되는 것 아닐까 걱정이
되죠. 혼자 가려니 이 순간이 두렵거나 아쉬운 건 아니지만
너무도 외롭고 또 외로워서, 이럴 때 아무라도 곁에 있어 내
마지막을 지켜봐주고 손이라도 꼭 잡아주면 정말 좋을 것
같은데 그럴 만한 사람을 찾기도 어렵고."

〈One Of These Nights〉가 끝나가던 즈음이다.

무대 쪽이 심상치 않았다.

"생의 종말을 선택하는 과정 역시 그러했을 터인데 마지
막 길을 떠나려는 순간마저 그렇게나 고통스럽다면, 과연
누가 나서서 그들을 위로할 수 있을까요. 누가 그런 일을 할
수 있을까요."

베이시스트다. 그녀가 서너 명의 남자들 속에 둘러싸여
있다. 혼자 춤추는 여성 주변에 남성들이 몰려드는 건 당연
한 일이다. 조금 전까지만 해도 그런 분위기였다. 빙 둘러선
청년들과 그 속에 홀로 선 그녀, 심취한 무희처럼 격정적인
춤과 요란한 환호. 그런데 지금은 그 분위기가 아니다. 그와
다르다. 춤도 환호도 없다. 마침 음악소리마저 끊겼다. 새파

랗게 질린 베이시스트의 얼굴. 몹시 화가 나 있다. 남자들을 향해 언성을 높인다. 하얀 와이셔츠가 일어섰다. 차연도 어쩔 수 없이 뒤를 쫓았다. 편 들 사람이 다가오자 여자의 기세가 더욱 높아졌다. 다시 버럭 악을 쓴다.

"만졌잖아! 거짓말 마, 이 변태새끼들아!"

남자들의 표정 역시 좋을 리 없었다.

"만지긴 누가 만졌다고."

"좆나 억지 부리고 있네."

무리 속에 엉켜 춤을 추는 와중에 누군가 여자의 몸에 손을 댄 모양이다. 적어도 그렇게 믿고 있는 모양이다. 베이시스트가 다시 누구에게랄 것 없이 삿대질을 시작했다.

"너 똑바로 말 안 해? 방금 전에 너랑 또 한 명이랑 내 몸에 손댔잖아!"

"그런 적 없다니까 그러시네."

자신들은 결백하다는, 적어도 그렇게 믿고 있는 청년들 역시 슬슬 화가 치미는 모양이었다. 하얀 얼굴 붉은 입술의 회색 브이넥 셔츠가 투덜거렸다.

"아 씨발, 별 사이코 같은 게 혼자 지랄쌩쑈를 하네."

하얀 와이셔츠나 차연이나 사태가 커지지 않기만을 바랄 따름이었다. 그들 중 누가 여자를 만졌는지 정말로 그런 일이 있었는지, 경찰서에 가서 제대로 따질 게 아니라면 말이다. 자, 이제 그만들 합시다. 오해가 있었던 것 같은데. 하얀 와이셔츠가 그런 제스처로 여자와의 사이를 막고 나섰다. 여자의 촉촉하고 길고 보드라운 손을, 이번에는 차연이 잡아끌었다.

자리로 돌아오자 음악이 다시 시작되었다. 스티비 원더의 올드 팝을 샘플링한 강렬한 비트의 댄스 음악. 얼어붙은 분위기 속에서 멀뚱히 서 있던 사람들이, 마법에서 풀려난 고양이와 나비들처럼 다시 휘청휘청 기우뚱기우뚱 춤을 추기 시작했다. 차연이 여자의 잔에 맥주를 따랐다. 화가 덜 풀린 여자가 여전히 새파란 안색으로 씨근덕씨근덕, 거침없이 잔을 비웠다. 하얀 와이셔츠가 차연에게 잔을 내밀며 부딪칠 것을 청했다.

"실은, 조금 놀랐습니다."

"왜요?"

"차연 님 때문에요."

"제가 왜……."

"조금이 아니라 많이 놀랐죠. 이런 일이 여태 없었으니."

"……."

"모임 사람들이 있는 자리에 다른 누군가와 함께 온다는 거, 회원 아닌 사람을 데려온다는 거, 사실 상상도 못할 일이거든요. 눈치 채셨겠지만 우리 모임이 여간 별나지 않아서."

공포에 하얗게 질린 안나의 얼굴. 얼어붙은 듯 새파란 눈동자. 저 영화를 보기는 했던가. 봤다고 착각하는 건가. 기억이 나지 않는다.

"원형 님이 아주 각별하게 생각하시는 분이구나. 그런 생각이 들었습니다. 제 결론은 그렇습니다."

칭찬도 격려도 아닌 말에 뭐라고 대꾸해야 할지 고민하는 사이, 급기야 일이 터지고 말았다. 동작도 빠르지, 어느 틈에 거기까지 쫓아간 것일까. 제일 먼저 들린 것은 비명 소리였다. 서너 명의 여자가 한꺼번에 외칠 때 나올 수 있는, 짧고 높고 날카로운 비명. 아니다. 퍽! 유리병이 폭발하듯 부서지는 파열음이 먼저였는지 모른다. 하얀 와이셔츠 남자가 반사적으로 일어섰다. 이번에는 차연도 거의 같은 속도로 달려가지 않을 수 없었다. 아까의 청년들이 자리한 테이블이다. 분을 못 참은 베이시스트가 어느새 그리로 가서 맥주병을 휘두른 모양이다. 맥주병을 휘두르러 간 건지 재차 시비가 붙은 끝에 맥주병을 휘둘렀는지 알 수 없었고 그런 걸 따질 상황도 아니었다. 발바닥에 절그럭, 유리조각이 밟혔다. 머리를 감싸 쥐고 있는 남자. 아까 회색 브이넥이었다.

하얀 손목 사이로 빨간 피가 줄줄 흘렀다. 분이 덜 풀린 여자가 악을 썼다.

"씨팔놈들, 다 죽어 버릴 거야!"

하얀 와이셔츠가 몸을 날렸다. 솔개처럼 여자의 허리를 휘어잡았다. 그리고 출입문을 향해 도망치기 시작했다. 야 씨발 저것들 잡아! 뜻밖의 공격에 주춤했던 청년 둘이 불처럼 일어섰다. 두 사람 가운데 한 명의 다리를, 차연이 뒤에서 걸었다. 그러자 코미디언처럼 크고 우스꽝스러운 동작으로 고꾸라진다. 고꾸라지며 옆 테이블을 짚어 함께 와장창 뒤집어진다. 소란스러운 비명 소리가 다시 터져 나왔다. 순간 등 뒤에 와지끈, 둔탁한 충격이 작렬했다. 또 다른 청년이 의자를 들어 차연의 등을 내려친 것이다. 나무의자의 다리 하나가 와지끈 부러지며 뒤통수를 긁었다. 아찔했다. 빙그르 돌아선 차연이 손날로 상대의 목을 세차게 날려 쳤다. 억. 청년이 부서진 의자를 붙든 채 주춤거렸다. 도망쳐야 한다. 어서 이 자리를 벗어나야 한다. 눈에 보이는 맥주병 두 개를 집어 들고 비스듬히 내려쳤다. 퍽. 날카롭게 깨진 병조각을 양손으로 들고 출입구를 향해 뒷걸음질 쳤다.

"오지 마! 다가오지 마!"

주춤거리는 청년들. 냅다 병 조각을 집어던졌다. 그리고 몸을 돌려 계단을 재빠르게 타 올랐다. 사건이 발생하고 불과 이십여 초 사이에 벌어진 상황이다. 성난 발소리가 등 뒤를 바투 쫓아오고 있다.

08 안내인의 역할

"대단한 분이시네. 무섭지 않았어요?"

"난 내가 무서울 때는, 아무것도 무섭지 않아요."

"순식간에 그렇게 술병을 휘두르다니."

"양아치 새끼들. 처음부터 날 가지고 놀았다고요."

"……아야."

"낄낄거리면서. 혓바닥을 날름거리면서. 유대 놈들처럼."

"정말 만졌어요?"

"만졌어요. 만졌다니까요. 허벅지랑 여기 엉덩이랑. 아, 열 받네. 전부 박살을 내주는 건데."

"열 받지 마세요. 지금쯤 그 친구들이 더 열 받아서 미칠 지경일 테니."

"개새끼들. 비열한 개새끼들."

베이시스트의 자취방은 서교동에서 멀지 않았다. 의자 다
리에 맞아 찢어진 목덜미 상처를 치료하고자, 청년들의 추
적을 따돌리고자, 문 닫은 중고가구점 안쪽의 골목의 반지
하방으로 재빨리 숨어들었다. 원형의 원룸에 비해 조금 더
좁고 조금 더 지저분한 공간. 상처를 소독하고 붕대를 붙여
주는 솜씨가 예사롭지 않다.

"……다 끝났어요."

고개를 움직여본다. 상처 부위가 따끔따끔 아프다. 작고 날
카로운 나뭇조각이 살 안쪽 어딘가에 박혀 있는 것만 같다.

"안 계셨더라면 정말 큰일 날 뻔했어요. 한꺼번에 세 사
람을 상대하시다니."

"두 사람이었지요. 맥주병에 얻어맞은 친구 빼고."

"제가 무조건 잘못했어요. 성격이 이렇게 지랄 맞아서."

"다시는 혼자 춤추지 마세요."

"이 은혜, 꼭 갚을게요."

"언제?"

"조만간요. 믿어보세요."

베이시스트가 방 한가운데 상을 펴고 술병과 잔을 가져왔

다. 오늘밤 재수 옴 붙은 나머지 훗날 Face만 떠올리면 합
창하듯 이를 갈, 비열한 개새끼들을 생각한다. 병원에 갔을
까. 적어도 일곱 바늘은 더 꿰매야 할 것이다. 피해자들이
경찰을 부르거나 아직 이 일대를 헤매고 다닐 가능성은, 경
험상 그다지 크지 않다. 그러나 만일을 생각해 시간을 조금
더 보내기로 한다. 하얀 와이셔츠는 반지하 창문 앞에 등을
보이고 서 있다. 전화 통화 중이다. 확실치는 않지만 지금의
상황에 대해 설명하는 것 같다. 잠시 후 전화기를 차연에게
건넨다. 좀 받아보세요.

"여보세요."

—싸웠다면서요.

원형이었다.

"……그렇게 됐네요."

—애처럼 쌈박질이나 하고.

유행이 한참 지난 낡은 은색 애니콜 폴더. 원형은 지금 그
전화기로 통화 중일 것이다.

—어디 다친 데는 없고요?

"아파 죽겠어요. 목덜미에 나무 가시가 박힌 것 같아요."

—엄살은.

"지금 어딘가요."

—멀지 않은 곳에 있어요. 그분과 함께.

"그분? 아."

—같이 그쪽으로 막 가려던 참이었는데.

"면목이 없네요."

—곧 갈 테니 술 한잔하고 있어요. 알았죠?

밤 11시가 넘었다. 좁고 남루한 반지하 방 안에 음악소리가 무뚝뚝하게 이어졌다. 차연으로서는 딱히 싫어하지도 않지만 군이 찾아 들을 일도 없는 분위기의 음악, '커트코베인스 헤드'의 첫 번째 싱글. 베이시스트가 스물네 살 때 녹음한 것이다. 개중에 한 곡이 케이블 음악방송에 몇 차례 소개되었다고 한다. 누구나 그런 때가 있다. 첫 앨범을 발표하거나 첫사랑에 실패하거나 첫 번째 중고차를 사는, 그런 스물네 살이.

"외람된 말씀이지만."

유리컵 속의 맥주 기포를 한참 들여다보던 남자가 유리컵에 대고 말했다.

"차연 님이 애위사에서 하시는 일이, 어떤 측면에서는, 저희 모임이 하는 일과 크게 다르지 않다는 생각을 잠깐 해봤습니다."

의자에 얻어맞은 잔등이 욱신거리고 상처 입은 목덜미가

따끔따끔 쓰렸다. 자정이 멀지 않았다.

"햇수로 삼 년차 됩니다. 이곳 모임 사람들을 알게 된 것이."

"……."

"막내죠. 저 친구보다도 경력이 짧으니."

방 안에 시종 떠돌던 음악소리가 끊겼다. 침대 위에 주저앉은 친구, 베이시스트 조안이 감은 눈을 뜨지 않는다. 잠이 들었는가.

"그간 별 상황을 다 겪고 별 장면들을 다 만나고 별 사람들을 다 경험했어요. 그럴 때마다 별 생각이 다 들었지요. 내가 지금 옳은 일을 하는 것인가. 내 판단이 틀리지 않았음을 어떻게 확신할 수 있는가. 그럴 적마다 나를 다잡을 수 있었던 건 내가 아니라 타인이라는 존재였습니다."

"타인이라는?"

"다른 이의 도움이 절실하게 필요한 누군가 어딘가에 늘 존재하고 있다는 사실 말이지요. 심지어 내가 11시 40분까지 늦잠을 자거나, 시외버스를 타고 국도를 달리며 엉뚱한 상상에 빠지거나, 해장술에 취해 횡설수설하는 와중에도 그런 사람들의 절실함이 수도 없이 내 곁을 스쳐간다는 사실."

식은 맥주를 한 모금 들이킨다.

"아까 그 말씀, 상당히 인상적이었습니다. 초등학생 장래 희망."

"슬픔장애재활클리닉 말씀인가요."

"비슷한 목표가 제게도 있거든요. 우리 모임의 몇몇 사람들이 꿈꾸는 미래."

"그렇다면 자살클리닉?"

"비슷합니다."

반지하방은 좁고 누추한 데다 매우 눅눅했으며 뭔가 좋지 않은 냄새가 풍겼다. 방 안 구석구석 묵은 습기 냄새였다.

"저는 생각합니다. 예를 들어 성매매가 합법화된다면, 설령 그렇다 해도, 이전보다 그 건수가 늘어나지는 않을 것이라고."

베이시스트가 침대에 벌렁 드러누웠다. 이불을 뒤집어쓰며 투덜거린다. 또 시작하셨네 그놈의 성매매.

"뭐든 금지하고 금기시하던 대상을 양성화할 경우, 금지와 금기에의 은밀한 욕구들은 오히려 줄어들기 마련이니까요."

춤을 추는 건데. 베이시스트가 이끄는 대로 못 이기는 척 끌려가주는 건데. 그랬더라면 청년들과 시비가 붙지 않았을 텐데. 그랬더라면 빈 맥주병이 회색 브이넥의 뒤통수를 박살내지도 않았을 텐데. 그랬더라면.

"대략적인 구상은 이렇습니다. 호스피스병동 같은 분위기의, 원하는 이들이 원하는 방식의 죽음을 선택할 수 있는 시설."

"가능하다 해도 반발이 엄청나겠군요. 특히 종교단체에서."

"자살을 권장하고 자살자를 양산하는 마귀의 집단이라고 분노하겠지요."

"성매매 합법화의 경우처럼, 공공연히 자살을 선택할 수 있는 시설이 충분히 생겨 많은 사람들이 이용하게 된다면, 자살률이 줄어들리라고 생각하시는 겁니까."

"늘지는 않을 겁니다. 줄어드는 것까지는 몰라도, 적어도 늘어나지는 않을 것입니다. 제 판단에는 그렇습니다."

"그렇다면 굳이 그런 시설을 만드시려는 이유가 뭘까요. 영리 목적은 아닐 테고."

"자살률이 늘고 주는 건 문제가 아닙니다. 그건 두 번째 문제입니다. 무엇보다 자살을 꿈꾸는 한 해 수천 명의 사람들이, 적어도 잘못된 방법의 자살시도로 인해 고통 받는 경우를 크게 줄일 수 있다는 점이지요."

"죄송합니다. 잠깐 화장실 좀."

화장실에 들어가 문을 잠갔다. 지저분하다. 젊은 여자 혼자 쓰는 집 화장실이라고는 믿기지가 않는다. 누렇게 찌든 양변기에서도 플라스틱 대야 안의 락스 통에서도 지저분한 냄새가 솔솔 풍기는 것 같다. 세면대 앞에 서서 수돗물을 세차게 틀었다. 차가운 물에 후적후적 세수를 했다.

그때.

고개를 숙이느라 목덜미 상처에서 다시 따끔한 통증이 시작될 때. 상처 속에 은밀하게 박힌 가시가 점점 크고 굵고 날카롭게 자라나고 상상에 잠깐 빠져들 때.

그때 어떤 놀라운 생각 하나가 차연 안에 저릿저릿 파고들었다. 생각이자 기억이었고 그로부터 연결되는 어떤 가능성에 관한 불쾌하고 불길한 예감이었다.

정말일까?

빌어먹을. 정말일까?

베이시스트가 주방에서 뭔가를 만들고 있다. 후드 소리 요란하고 기름 냄새가 진동한다. 오믈렛 할 거예요. 많이 먹을래요? 그새 술이 다 깼는지 차분하고 명랑한 목소리. 차연이 자리에 돌아와 앉았다. 그리고 술잔을 집어던지듯 물었다.

"그렇다면 경험, 있으신가요?"

창백한 남자가 창백한 눈빛으로 차연을 바라보았다.

"안내인 역할 말씀인가요."

한 명의 자살 희망자로부터 의뢰가 들어오고, 일정한 절차에 따른 심사 기간을 거친 뒤 결국 승인 결정이 내려지면, 이후 구체적인 장소와 방법과 시기 등에 대한 논의마저 끝나면, 회원들 가운데 한 사람 또는 하나의 팀이 안내인으로 선발된다. 그리고 자살 희망자가 스스로 삶을 끝낼 마지막 시간과 자리까지 동행할 역할을 부여받는다.

"한 번 있습니다. 딱 한 번."

"……궁금하군요."

"저 같아도 그럴 겁니다. 누구라도 그렇겠지요."

"궁금하다는 표현은 취소하겠습니다."

차연이 남자로부터 슬그머니 시선을 거두었다. 그 얼굴을 마주볼 자신이 없다.

"올해 초였어요. 1월."

드세요. 베이시스트가 지저분한 상 위에 빈자리를 만들고 거기에 접시를 내려놓았다. 노랗게 익힌 계란과 야채가 토마토케첩을 뒤집어쓰고 있다. 드세요. 보기에는 좀 그렇지만 맛있어요. 그러고는 화장실로 들어가 딸깍 문을 잠근다.

"말해주세요. 어떤 일이 있었는지."

안내인으로 선발되는 순간, 그는 상반된 두 가지 운명에 직면하게 된다. 세상 누구보다 각별한 인연과의 새로운 만남. 그리고 그 인연과의 피할 수 없는 마지막 헤어짐. 안내인이 자살자를 위해 할 수 있는 역할은 세상 모든 자살의 이유만큼이나 다양하다. 무엇보다도 중요한 것은 마지막 과정을, 하나의 가련한 생명이 끝나가는 순간을 놓치지 않고 곁에서 지켜봐주는 일이다.

"보통 손을 잡는다고 하더군요. 안아주는 경우도 물론 있지만, 결국은 손을 잡게 되어 있다는 거지요. 그래야 얼굴을 마주볼 수 있으니까."

남자가 고개 들어 천장 모서리를 주시했다.

"손아귀 안에서 작게 떨리던 그 느낌을, 몇 년이 지나서도 생생하게 기억할 수 있다는 분들이 적지 않습니다. 더불어 마지막으로 나눈 몇 마디 대화들이, 눈빛이, 목소리가, 바람 불던 그날의 하늘빛이, 잊어지지 않고 어제 일처럼 훤히 떠오른다는 거지요."

천장 모서리에서, 남자는 무엇을 발견했을까.

"마흔네 살. 저보다 딱 열 살 많은 분이었어요. 용인이 고향이고…… 초등학교 2학년 딸내미를 하나 두고 이혼한 것도 사업 실패 때문이었지요. 의료보험까지 해지된 상태에서 갑자기 위암 판정을 받았으니."

강동구 등촌동. 30대 후반의, 생애 제일 잘 나가던 시절의 기억이 남아 있는 동네였다.

"끝내 투신자살을 원하더군요. 한 번 날아보는 게 소원이라면서. 그야 전적으로 당사자의 의지에 달린 부분이니까."

25층 아파트 옥상까지 그를 배웅했다. 거리 구석마다 눈이 희끗희끗 덮인 1월 18일. 7시가 넘은 저녁이었다. 담배 두 대를 말없이, 천천히, 피웠다. 초조한 기색 같은 건 없었다.

"처음 경험이기도 했지만, 무척 혼란스러웠습니다."

"……."

"시간이 갈수록, 오히려 제가 보호와 인도를 받고 있는 느낌이 들었거든요. 마지막 순간에 함께 있어줘서 다행스러운 쪽이, 그가 아니라 나 자신인 것만 같은."

"두려웠나요?"

"맞아요. 두려웠어요."

"……."

"잠시 후면 다른 이들의 시선을 피해 몰래 옥상에서 내려올 일도, 요란을 떨며 백차가 출동하고 주차장 구석에 널브러진 시신을 수습하는 장면을 멀리서 지켜볼 일도, 그리고는 혼자 집으로 돌아갈 버스를 기다려 탈 일까지도."

아내와의 짧은 통화 속에서 딸아이의 안부를 묻고, 담배 한 대를 더 피우고, 용인 고향집의 어머니와도 담담하게 마지막 통화를 마쳤다. 누가 듣더라도 자살을 암시할 만한 내용은 없었다. 전화를 끊어 주머니에 넣은 그가 하얗게 입김을 뱉으며 말했다.

"춥죠? 이 목도리 해요. 난 이제 필요 없으니까."

"그게 마지막 대사였나요."

"목도리를 받아들 때의 느낌, 그에 대해 지금 당장이래도 원고지 열 장은 쓸 수 있을 겁니다."

차연이 눈을 감았다.

"옥상 난간에 위태로이 서서, 아래를 오 초 정도 내려다보았지요. 바람이 불고 외투 자락이 파라락 날리던 소리……더 설명이 필요하신지요."

"아니오, 이제 됐습니다."

09 무슨
일인가,
곧

원형은 끝내 오지 않았다. 원형과 함께 오기로 했던 사람 역시 만날 수 없었다. 일이 언제부터 이렇게 꼬인 것일까.

집에 돌아오니 새벽 1시 넘은 시간이었다. 사흘 만의 귀가. 몹시 피곤했다. 하루 동안 많은 일들이 있었다. 지나치도록 많은 일들. 술이 깨려는지 머리가 지끈거렸다. 목덜미의 붕대 붙인 자리도 거추장스러운 데다 이따금 콕콕 찌르듯 아팠다.

컴퓨터를 켜고 인터넷을 열었다.

확인할 것이 있다. 머릿속에 묵직하게 자리 잡은 납덩이를 당장 꺼내놓아야 한다. 안 그랬다가는 밤새 괴로운 꿈에 시달릴 것 같았다. 잠도 이루지 못한 채 기분 나쁜 꿈속에 질식할 것만 같았다.

검색창에 강동제생병원 영안실.

아홉 글자를 입력하고 엔터키를 친다. 모니터 한가득 뭉게구름 낀 파란 하늘이 펼쳐진다. 갈 데 없이 천국의 이미지다. 하늘 아래로 장례식장의 하얀 건물이 자리 잡았다. 건물이 저렇게 생겼던가? 기억나지 않는다. 일주일이면 스무 군데 넘게 다니는 장례식장의 외형까지 다 기억할 수는 없는 일이다.

푸른 하늘 가장자리에 메뉴 바가 보였다.

장례식장 안내 / 이용 안내 / 시설 안내 / 고인 검색 / 장례 절차 / 장례 상식 / 게시판 / 장사시설 안내

고인 검색이라는 글자 위에 커서를 가져갔다.

오늘의 고인과 지난 고인이라는 선택지가 나눠진다.

지난 고인을 클릭했다. 삼가 고인의 명복을 빕니다, 라는 제목 아래 다음과 같은 안내 문구가 뜬다.

지난 1개월간의 강동 제생병원 장례식장 고인 현황입니다. 클릭하

131

시면 더 자세한 정보를 확인하실 수 있습니다.

7월 말이었다. 언제더라. 수요일이던가. 아니다 목요일?
〈아내가 결혼했다〉의 2006년 손예진을, 〈무방비도시〉를 찍
던 2007년 손예진을 닮은 여자를 그날 만났다. 그 다음날
오후에는 안양 석수동으로 조일래 씨 가족을 찾아갔었다.
그렇다면 목요일이던가? 아니면 금요일?

무영과 차연이 네 번째로 방문한 그날의 마지막 행선지였
다. 영안실은 지층과 지하 1층까지 모두 여덟 군데 있었으
며 106호와 108호를 제외한 여섯 곳에서 장례가 진행되고
있었다. 죽음이 멀지 않은 곳에 종종 들러 살아 있는 죽음을
보고 듣고 느끼고 맛보고 냄새 맡는 한편 고인의 생전 사연
들을 접하는 일. 죽은 민서가 수련회 가던 날 아침에 밥 먹다
말고 짜증내고 토했던 일이며 승민이 생전에 좋아하던 닭날
개 간장조림에 대한 정보를 접한 곳도 바로 장례식장이었다.

강동 제생병원 영안실. 104호 고인은 폐암으로 숨진 53세
여인이었다. 유가족은 영등포에서 수학강사를 하는 남편과
아들 딸. 아들내외 사이에 손녀가 하나 있고 딸은 장례일자
에 맞춰 호주에서 급히 돌아왔었다. 103호 고인은 31세 미
혼 남성. 아버지는 안 계시고 상주는 어머니. 연년생 남동생

이 한 명 있는데 거의 남남처럼 연락 끊긴 지 오래라고 했다. 이틀 전 새벽 3시경, 고인은 소주 두 병을 마신 뒤 스타렉스에 연탄불을 피우고 운전석에 누워 천천히 죽어갔다. 개인 부채가 8천만 원 정도 있었다던가.

장례식 식당 구석마루에 홀로 앉아 일회용 스티로폼 그릇에 담긴 육개장에 밥을 말던 여자. 식은 생선전을 집어 먹고 편육에 김치를 얹어 우물우물 씹던 103호 문상객.

빌어먹을 기억이여 부디 되살아나다오. 7월 넷째 주던가? 목요일? 수요일? 셋째 주 아니면 넷째 주가 맞을 것이다. 다섯 번째 주는 수요일까지만 있다. 네 번째 주 수요일은 24일, 목요일은 25일이다.

7월 24일에 이어 25일 고인 정보를 검색했다. 호수별로 고인과 상주 명이 쏟아진다.

101호

고인 손옥남

상주 장익수 장익남 장익훈 장선자 남영순 이정화 길은숙 서숙은 김상도

발인일시/장지 2013년 07월 24일 08:00, 인천가족공원.

102호

고인 최덕수

상주 최상환 최영환 최주환 마연주 강영선 정부영

발인일시/장지 2013년 07월 25일 05:00, 전북 정읍시 산외면
선영.

103호

고인 서선일

서선일.

그 이름 앞에서 마우스를 쥔 손의 움직임이 멈추었다. 시
선이 멈추었다. 호흡이 멈추었다. 생각이 멈추었다.

눈앞에 번연히 떠오르는 장면이 있다. 까마득히 먼 옛날
같지만 오늘 아침의 일이다. 자정이 지났으므로 어제 아침
의 일이라고 해야 할 것이다. 회색 바탕에 분홍 바탕에 회색
물방울무늬가 연속적으로 찍한 종이 상자. 그 안에 모셔진
남색 벨벳 보석상자들. 부랴부랴 실망스러운 아침 라면을
끓여 먹고 설거지까지 마친 직후의 일이었다. 출근 시간에
쫓겨 경황없는 통에 핸드폰까지 두고 왔지만, 그럼에도 예
의 장면들을 분명히 떠올릴 수 있다. 네 개의 보석함 가운데

하나에, 남성용 전자시계가 담긴 함에, 그런 이름이 있었다. 원형이 밤을 새워 추모했던 103호의 고인. 서선일.

정말?

정말이었던가?

베이시스트 조안의 지저분한 원룸 화장실. 목덜미 상처에 박힌 가시처럼 점점 크고 굵고 날카롭게 파고들던 생각. 생각이자 기억이었고 그로부터 연결되는 어떤 가능성에 관한 불쾌하고 불길한 예감.

기억이란 늘 괴롭다. 가물거리면 안타까워 괴롭고 선명하면 피할 수 없도록 괴롭다. 원치 않건만 생생히 떠오르는 대화 몇 토막.

뭐 하나 여쭤 봐도 되나요?

…….

대답하기 싫으시면 안 하셔도 상관없습니다. 당연한 소리겠지만.

뭔데요.

고인하고는, 음, 어떻게 되는 사이셨나요? 가족은 아닐 테고. 친구 사이도 아닌 것 같고.

왜 그렇게 생각하시나요.

……젊은 분이더군요. 지나가는 이야기를 들었어요. 그래

서…… 그런 게 왜 궁금하냐고 물으시면 할 말은 없지만.

나쁜 사이는 아니었지요.

예에.

아주 가깝다고 할 정도도 아니고.

…….

작년 5월에 처음 만났어요. 그새 일곱 번 정도 봤을까.

감동했습니다.

어째서요.누군가를 위해, 혼자 밤을 새워가며 간절히 애
도해주는 그 마음.

그쪽은요.

저 같은 경우는, 아, 물론 마찬가지죠. 죽은 이가 있고 그
를 추모하는 자리에 있다면, 고인을 애도하지 말아야 할 이
유란 세상 어디에도 없으니까.

빌어먹을 그때. 지갑에서 꺼낸 명함을 설렁탕 뚝배기 사
이로 내밀지 않았더라면. 애위사 따위의 단어가 그녀의 입
밖으로 나오는 일이 없도록 했었더라면.

불길한 예감이 다시 시작되고 있다.

무슨 일인가 곧 벌어질 것이다.

불쾌하고 서글픈 일이, 멀지 않은 장소에서, 다시.

10   187번째
의뢰인

책상 앞에 누군가 앉아 있다. 한껏 젖힌 의자 등받이에 몸을 눕혔다. 기대었다. 저녁나절. 방 안은 불을 켜야 좋을 만큼 어둑하다.

조용한 실내에 컴퓨터 돌아가는 소리만 나직하다. 모니터 불빛이 누군가의 얼굴을 파리하게 비추고 있다. 키보드도 마우스도 잡지 않은 채 모니터만을 시무룩이 응시하는 눈동자가 조금씩 움직인다. 그게 아니었더라면 눈 뜬 채 잠들었거나 죽은 지 몇 날 지난 시신으로 오해받았을지 모른다.

"더 기다려야 합니까."

고개 돌려 이쪽을 바라보지 않고, 그가 중얼거린다. 등 뒤에 누가 서 있는지 이미 알고 있다는 듯.

"저는 준비 끝났습니다. 오래전부터."

손목에 길고 굵은 주사바늘이 꽂혀 있다. 바늘은 호스를 타고 의자 위 파이프에 매달린 링거와 연결되었다. 링거는 하나가 아니라 세 개다. 두 가닥의 호스가 중간에 하나로 만나고 이 호스가 손목 바로 위에서 또 하나의 호스와 연결되는, 적당히 복잡하고 조악한 구조다. 세 개의 호스들이 클램프로 단단히 잠겨 있다. 하여 링거 안의 세 가지 액체가 한 줄기 강물처럼 만나 그의 몸속에 유유히 스며들기를 기다리는 중.

"1973년 세계보건기구의 두 번째 연구 결과에 따르면, 사람이 자살에 이르는 동기는 489가지요, 그 방법은 283가지에 이른다고 했지요. 사십여 년이 지난 지금 각각의 숫자들은 열두 배가량 증가했으니 다시 말해 사람이 자살을 선택할 동기 아닐 것이 세상에 없고 자살에 응용 못할 방법이 세상에 없다는 뜻이겠습니다."

모니터를 주시한 채 그가 말했다. 철사라도 박힌 듯 카랑카랑 새된 목소리.

"그러니 어째서 두렵고 무엇을 망설일 터입니까. 행여 저 때문에 주저하시는 중이라면, 요만큼도 그러실 필요가 없다는 말씀을 드리겠습니다."

차연은 난감했다. 어렵구나. 나 아닌 누군가를 돕는 일이란, 특히 자살을 돕는 일이란 이렇게나 힘들구나. 모르긴 몰라도, 죽고 싶지 않은 사람의 목숨을 끊는 일보다 이편이 더 힘들지 않을까. 그러나 이대로 시간만 흘러보낼 수는 없는 노릇. 용기 내어 입을 열었다.

"그렇다면, 음, 마지막으로 몇 말씀 묻겠습니다. 아시겠지만 이건 대단히 형식적인 절차입니다."

자꾸만 잦아드는 목청을 틔우고자 큼, 큼, 소리를 내본다. 손에 쥔 종이가 달달 떨렸다.

"귀하는 지금 이 시간, 이렇게 삶을 끝내는 일에 진심으로 동의하십니까?"

"그렇습니다."

그가 대답했다.

"스무 번을 물어 와도 대답은 다르지 않을 것입니다. 삶이란 걸어 다니는 그림자일 뿐이니까요."

"멕베스군요."

"그 가련한 작자는 헛된 신탁에 속아 덜컥 왕위에 오르는 멍에를 짊어지지요. 제가 그렇게 어리석었다면 이도록 불타는 운명을 곧이 받아들였겠습니까? 자, 다음."

종이 위의 글자를 다시 읽었다.

"두 번째 질문입니다. 귀하는 지금 이 시간 이 질문을 드리는 낯선 이가 귀하의 자살 행위를 돕는 일에 충분히 동의하십니까."

"이 마당에 살가운 사람이 어디 있고 낯선 사람이 어디 있겠습니까. 고마울 뿐이죠. 빛나는 인연에 그저 감격할 따름입니다."

"세 번째. 귀하는 지금 이 시간 세상의 수많은 자살자들을 위해, 그들이 안전하게 덜 고통스럽게 최후를 맞이할 수 있도록, 그가 가진 마지막 권리를 행사하는 길이 행여 외롭지 않도록 최대한 노력하는 저희의 임무를 충분히 이해하고 계십니까?"

"어머니 뱃속에서부터 이해했던 내용입니다. 그러니 제발 좀 빨리. 손목 쑤셔 죽겠습니다. 주사바늘이 잘못 꽂혔나."

춥다. 그럴 계절이 아니건만 몹시 춥다. 차고 습한 바람이 어디선가 쉴 새 없이 불어오고 있다. 창문을 열어놓은 모양이다. 그런데 여기가 어딜까. 원형의 원룸인 줄 알았다. 그런데 아니다. 그보다 좁고 누추하다. 그렇다면 베이시스트의 반지하방?

"하지만…… 그렇다면…… 이제 뭘 어떻게 해야 하나요?"

"뭐가 어째요?"

"실망하셨다면 죄송합니다. 이제야 고백하지만, 이런 일은 정말이지 처음이라서요."

"처음이라. 그렇다면 죄송할 것 없습니다. 저로서는 영광이겠군요. 히힛."

"제가. 제가……."

급기야 차연이 울상을 지었다. 찔끔 눈물이 났다. 어쩌자고 이 지경까지 온 것일까. 상황을 되돌릴 방법은 없는 것일까.

"제가, 도통 알 수가 없군요."

의자에 앉은 이의 얼굴은 끝내 보이지 않았다.

"제발 말해주세요. 제가 어떻게 도와드리면 되겠습니까. 목을, 목을 조르면 될까요?"

거기서 잠 깨었다. 침대 구석에 이불과 함께 헝클어져 있던 몸을 일으켰다. 새벽 4시 20분. 두 시간 정도 잤을까. 꿈에서 깼음에도 꿈속에서 그러했듯 여전히 두렵고 곤혹스러웠다. 놀랍도록 생생한 꿈이었다.

목을 조르면 될까요?

어이가 없었다. 목은 왜 졸라? 클램프를 열어 차례로 약물을 주입시키면 간단할 텐데. 그러자고 설치한 자살 기구일 텐데. 침대 모서리에 멍히 앉아 천장의 벽지무늬를 눈으로 좇았다. 맥주병에 얻어맞은 듯 머리가 아팠다. 다시 잠이 올 것 같지 않다. 아니다. 다시 잠들어 꿈속의 춥고 음산한 방으로 돌아갈까 두려웠다.

침대에서 일어나 어둔 방에 불을 밝혔다. 씻고 옷을 챙겨 입었다. 물 한 잔 마시고 집을 나섰다. 출근하기엔 턱없이 이른 시간. 그러나 집 안에서 남은 새벽 시간을 보낼 생각을 하니 더욱 두려웠다. 첫 버스가 운행을 시작했을까. 인적 드문 새벽길을 혼자 운전할 일이 왠지 서글프게 생각되었다.

사무실에 도착하니 5시 48분. 보안 시스템을 해제하고 공기청정기를 틀어 밤새 가라앉은 실내 공기를 깨운다. 첫 직원이 출근하려면 두어 시간은 더 있어야 한다. 전기주전자에 물을 올리고 편의점에서 사온 컵라면 하나를 뜯었다. 그리고 컴퓨터를 켰다.

사내 업무관리 프로그램을 열고 연도별로 정리된 지난 육 년 치 기록들을 살핀다. 만만치 않은 분량이다. 애위사가 처음 문을 연 뒤로 인연 맺은, 1천 명 가까운 의뢰인과 관련된 각종 자료들. 적잖이 발전하고 개선된 위로 프로그램의 면면까지가 그 안에 고스란히 담겨 있다.

성이연.

그 이름을 나직하게 발음해본다. 생경하던 그 이름 석 자가 조금은 친숙해진 느낌이다. 흰 바탕 위의 검은 점을 오래도록 응시하면 어느 순간 점이 사라지는 착시에 빠지듯, 기억나지 않는 기억을 기억하느라 지친 머릿속이 착란을 일으키는 중이다.

누굴까.

누구였을까.

어젯밤 Face에서 만날 수도 있었던, 거의 그럴 뻔했던 얼굴. 전기주전자에서 바글바글 물 끓는 소리가 들린다. 컵라면에 졸졸 뜨거운 물을 붓고 나무젓가락을 반으로 쪼갰다. 맛있는 냄새가 모락모락 퍼지고 있다. 김치를 사올 걸 그랬나.

서교동. 원형을 기다리다 못해 냄새나는 반지하 원룸에서 막 나서던 참이었다. 베이시스트가 어둔 골목 끝까지 배웅을 해주었다.

"조심히 가세요. 아깐 정말 감사했어요."

"술 잘 마시고 갑니다."

"조심히 들어가세요."

그리고도 할 말이라도 남은 것일까. 빤히 차연을 바라보는 눈빛.

"이건요, 은혜를 갚는 거예요. 그렇게 아세요."

"은혜?"

"제가 그랬잖아요. 조만간 갚겠다고. 믿어보시라고."

길 건너 편의점, 창가에 선 청년들이 깡통 음료수를 마시고 있다. 그 모습을 가만히 지켜보던 베이시스트가 다시 말했다.

"오늘 보기로 했던 성이연 씨…… 결국은 안 올 것 같아요."

"그런 모양이더군요. 분위기가."

"그분이 애초에 우리를 만나자고 했던 것. 그러다가 마음을 바꾸어서 나타나지 않은 것. 우리에게나 그분에게나 무척 중요한 의미를 갖고 있어요. 눈치 채셨는지 모르겠지만."

"저와 관계된 이야기인가요."

"세상에 자기 자신과 관계되지 않은 일이 있나요."

"……."

"그분, 사흘 뒤가 자살 예정일이에요. 2일 새벽 6시."

편의점 문이 열리고, 커다란 가방을 어깨에 멘 청년들이 둘러서서 사이좋게 담뱃불을 붙이고, 연남동 쪽으로 천천히 사라져갔다.

"그렇다면."

머리는 아프고 속은 울렁거리고, 게다가 죽도록 피곤한 밤.

"원형 씨가, 안내자인가요."

"그렇지는 않아요. 다른 분이세요. 차연 님은 모르는."

머릿속에 덥고 습한 바람이 불어왔다. 베이시스트가 조심히 덧붙였다.

"아셔야 할 것 같아서요. 제가 괜한 소리를 한 거라면, 얼마든지 원망하세요."

남은 면과 국물을 화장실 양변기에 쏟아버렸다. 누군가 걸게 구토를 해놓은 것 같았다. 나무젓가락과 빈 용기를 우그러뜨려 휴지통에 넣고 이를 닦았다. 사무실로 돌아와 창문 블라인드를 열었다. 느릿느릿 날이 밝아가는 중이다. 직원들이 출근하려면 아직 한 시간은 더 있어야 할 것이다. 업무일지와 싸움을 재개했다. 끊은 지 팔 년도 지난 담배 생각이 갑자기 간절했다. 한 시간 사십여 분 만에 성이연 관련 기록을 찾을 수 있었다.

MS연구회. 신청평대교. 타나토스. 강아래펜션. 동반자살.

사건 보고서에 낭자한 단어들을 살피던 차연이 참았던 날숨을 뱉어냈다.

그래, 이 여자.

알 것 같아.

기억나.

사 년 전이다. 10월 마지막 주. 동교동에서 처음 시작한 애위사가 지금의 마포 사무실로 막 이주하던 즈음이다. 아마 그럴 것이다. 퇴근 무렵 누군가 연락도 없이 찾아왔다.
20대 초반. 10대 소녀의 우울과 50대 여성의 무기력을 두루
간직한 얼굴. 생기 없는 목소리로 여자가 말했다.

"……죽은 사람들이 있어요."

상담실로 여자를 안내하고, 마음을 가라앉히는 국화차를
따끈하게 우려서 권했다. 첫 상담 자리에 차연도 함께 했다.
아마 그럴 것이다.

"사람이, 죽었어요. 저 말고 다른 사람이."

"천천히 말씀해주시면 됩니다. 성함이 어떻게 되시죠?"

성이연. 그 이름을 그때 처음 들었다. 찻잔을 들어 천천히
입에 가져가는, 그 동작만으로도 여자의 가련한 심리상태를
대충 파악할 수 있었다.

"고인의 명복을 진심으로 빕니다. 돌아가신 분에 대해 말
씀해주실 수 있을까요? 많이 힘드시겠지만."

동반자살이다. 남자 한 명 여자 두 명. 이틀 전 아침 6시
25분 신청평대교에서 수면제를 복용한 뒤 비 내리는 북한
강으로 뛰어내렸다. 가평군 청평면 북한강변 레저용 보트장
부근에서 여자가 구조된 것은 그로부터 두 시간 후인 오전 8
시 20분경이었다. 마침 근처를 지나던 수상레저업체 직원
이 없었더라면 여자의 지금은 지금과 많이 달랐을 것이다.

뒤늦은 수색이 시작되었다. 오전 11시 10분경, 또 다른 여성의 사체가 그로부터 2킬로미터 떨어진 강변에서 발견되었다. 남자의 사체는 끝내 찾을 수 없었다. 세 사람은 이틀 전 오후 5시, 청량리 역 롯데리아 앞에서 처음 만났다. 인터넷 사이트에서 각자의 닉네임으로 서로를 알게 된 것은 그보다 훨씬 전이었다.

프린트로 뽑은 187번째 의뢰인 관련 자료는 A4용지 스물일곱 장 분량이었다. 복원되는 기억의 조각들. 꾸물꾸물 제자리를 찾아가는 시간의 퍼즐. 자료의 상당 부분은 차연이 초안을 직접 작성한 보고서 내용 그대로였다. 입사 8개월 차, 두 번째로 직접 진행을 맡은 위로 프로그램이었다. 원형이 말하던 사람이 바로 이 여자였다? 빌어먹을. 조만간 병원에 가봐야지. 뇌 CT 촬영 한번 해야겠어.

세 사람이 동반자살을 처음 시도한 곳은 신청평대교가 아니었다. 전날 오후에는 경기도 가평의 '강아래펜션'에 7시경 함께 투숙, 과자 몇 봉에 소주 네 병을 나눠 마신 뒤 번개탄을 피워놓고 자살을 시도했었다. 눈치를 챈 펜션 주인이 쫓아오는 바람에 실패했지만 말이다. 폭력에 가까운 욕설을 들은 뒤 펜션에서 쫓겨난 세 남녀, 남자의 고물 마티즈를 타고 경기도 일대를 밤새 헤매었다. 숙소를 찾았지만 가평에서의 소문이 돌았는지 그들의 행색으로부터 뭔가를 눈치 챈 것인지 정말로 빈 방이 없었던 것인지 다섯 차례 연속으로 퇴짜를 맞았다. 그러다가 다다른 곳이 신청평대교 남단이었다. 이른 새벽. 차에서 내려 다리 위를 걸었다. 강바람에 거셌다. 북한강 물살이 유난히 시커멓게 보였다. 밤새 헤매고 다닌 데다 수면제 약기운이 시작되는지 무릎이 자꾸 꺾였다. 다리 3분의 2 지점에서 걸음을 멈추었다. 그리고 서로의 얼굴을 돌아보았다.

책상에 팔꿈치를 괴고 눈자위 주변을 손가락으로 꾹꾹 눌렀다. 프린트 글자들을 통해 새삼 되살아나는 기억들이 이러함에도 머릿속 여전히 흐릿한 지점이 있었다. 여자의 얼굴이었다. 그 얼굴이 생각나지 않았다. 어떻게 생긴 여자더라. 스물일곱 장에 달하는 기록들을 살피고 또 살폈지만 의뢰인의 얼굴 생김에 대한 언급은, 당연히, 한 줄도 나오지 않았다. 어렴풋이 떠오를 듯 도통 뒷모습뿐인 얼굴. 이상하군. 그것 참 이상해. 사 년 전 누군가의 인상이 도통 기억나지 않는 상황도, 그에 대한 집착을 좀처럼 거둘 수 없는 상황도 이해하기 힘들었다.

오전 회의. 아홉 건의 새로운 죽음과 그로 인해 새로운 슬픔에 빠진 사람들에 대해 한 시간 사십칠 분 동안 이야기를 나누었다. 최근 접촉 중인 예비 의뢰인들과, 이미 시작된 위로 프로그램의 진행 과정에 대한 보고도 이어졌다. 881번째 의뢰인의 여동생이 사망한 것은 지난 4월 21일 아침 7시 40분 경. 비 오는 춘천 고속도로를 달리던 소나타가 미끄러지며 길 밖으로 튕겨져 나갔다. 동승한 두 사람 가운데 한 명이 즉사하고 한 명은 가벼운 타박상만 입었다. 죽은 이는 30대 초반 미혼여성이고 멀쩡한 이는 운전대를 잡았던 40대 유부남. 서대문경찰서에서 함께 근무했던 동료 사이로 남자는 과장급이었다. 사건은 아무런 문제도 없이 놀라울 만큼 빠르게 정리되었다. 의뢰인을 가장 분개시킨 것은 남자의 집 안에서 이 사실을 눈치조차 채지 못하고 있다는 사실이었다. 둘이 붙어 다니다 사고가 났는데 한 년은 죽고 한 놈은 아무 탈 없이 멀쩡히 살고 있고. 울화통이 치밀어서 살 수가 있어요? 881번째 의뢰인은 사망자의 친오빠였다. 사건을 의뢰받고 오 개월여가 지난 이즈음, 형사 과장은 한참 이혼 소송으로 정신없는 상황이다. 만 삼 년 동안 남편의 외도 사실을 전혀 눈치 못한 채 살아온 아내의 성미가, 그녀가 겪은 충격이 여간 아니었던 탓이다. 서장에게도 단단히 찍혀서 서내에서의 처신이 무척 곤란해졌다는 소문이다. 산 사람과

죽은 사람들이 함께 회의를 끝마치고, 차연이 은원에게 다
가갔다.

"삼 년 전에 그 의뢰인 기억나요?"

물 적힌 휴지로 모니터를 열심히 닦던 은원이 고개를 들
었다.

"삼 년 전 누구?"

"동반자살 있잖아요. 신청평대교."

"글쎄요."

"동교동에서 막 이사 오고 나서."

"동교동에서 이사 온 거는 사 년 전인데."

"아참 사 년 전. 하여간 기억 안 나냐고요. 자살사이트에서
만나서 세 명이 수면제 마시고 강으로 뛰어든. 두 명은 죽고."

"알 것 같아요. 젊은 여자였잖아. 이름이…… 성 뭐였는
데. 성이은인가."

"역시 총명하시네."

"그런데 왜요."

"얼굴 생각나요?"

"누구요. 그 의뢰인?"

차연이 고개를 끄덕였다. 은원이 두 눈동자를 치켜 올리
고 고개를 갸웃, 했다.

"대충요."

"대충 어떤데."

"그러니까 눈은…… 전체적으로……."

머릿속의 것을 입 밖으로 그려내고자 잠시 고심하던 그녀가 미간을 찌푸린다.

"사람 얼굴을 어떻게 설명해요? 찾아오는 길 설명하는 것도 아니고."

"대강이라도."

"얼굴은 작고 이마는…… 아, 몰라요. 하여간 꽤 예뻤어요. 분위기 독특하고. 그나저나 유별나시네. 사 년 전 의뢰인은 갑자기 왜."

책상 위에서 핸드폰이 울고 있다. 자리로 가 수신자 정보를 확인한 차연의 얼굴이 굳었다. 원형이다. 조금도 반갑지 않았다. 왠지 불길하기 그지없는 사연이라도 전해 받는 기분이다. 받지 말까.

"여보세요."

—어제 잘 들어갔나요.

"어제가 아니라 오늘이죠."

—미안해요. 화났죠?

"화는 무슨."

─낯선 술자리에 끌고 가서는 놀아주지도 않고. 혼자 싸움질이나 하게 만들고. 그 친구들이랑 뭐했나요. 술 많이 마셨어요?

"그럭저럭요. ……원형은 어디인가요."

─가게 나왔어요. 일해야지.

받지 말 걸 그랬나.

"알았어요. 수고하시고, 나중에 또 봐요."

─여보세요.

"예."

─왜 전화를 끊으려고 그래요.

"그게 아니라."

─솔직히 말해 봐요. 화난 거예요?

"아니라니까요."

─정말?

"정말."

─그렇다면 다행이고. 걱정 많이 했거든요. 내가 아닌 거 같아도, 나름 소심한 편이라서.

"이제 신경 쓰지 마요. 그럴 필요 없으니까."

─그런데 참 이상하네.

"뭐가요 또."

—아니라는 사람이, 왜 자꾸 화난 사람처럼 말하는데요.

"아니에요. 정말 아니라고. 어떻게 하면 믿겠어요?"

—그건 내가 모르지요.

"……."

—좋아요. 화 안 났다는 거, 믿어줄게요.

"고맙습니다."

—또 통화해요. 술 살게요.

전화를 끊은 차연이 문득 궁금해졌다. 도대체 뭐가 고맙다는 거지?

11 내가
갑자기
가슴이
아픈 건

은평구 갈현동 127길 46-25. 계약서에 적힌 주소지를 찾아갔다. 오래된 다세대주택들이 오래된 담장을 따라 다닥다닥 이어지는 고갯길. 비탈진 공간마다 묘기 부리듯 아슬아슬 주차된 차량 사이를 지나 석광사 가는 계단 언저리에서 차를 세웠다. 언덕길 왼편으로 4층 다세대주택이 눈에 들어왔다.

성이연. 1990년생. 사 년 전에는 20세. 현재는 24세.

바람이 조금씩 거세지고 있다. 회색으로 잔뜩 찌푸린 하늘. 제16호 태풍 파리야스가 제주도 해안에 상륙한 게 정오 무렵이다. 머잖아 도시에도 거센 비바람이 찾아들 것이다.

302호. 현관문은 온갖 스티커와 스티커를 떼어낸 흔적으로 지저분했다. 도어뷰 위쪽에 주님교회 플라스틱 명찰이 단단히 붙어 있다.

딩동.

응답이 없다. 다시 한 번,

딩동.

무작정 쫓아오기는 했지만 다른 방법이 없었을 뿐이다. 사 년이라면 누군가 말했듯, 어떤 놀라운 변화가 일어나거나 어떤 당연한 변화가 일어나지 않더라도 그러려니 해야 할 시간이다.

누구세요.

늦게나마 대꾸가 돌아온다. 다행이다. 적어도 헛걸음은 면했다.

"성이연 씨 댁인가요."

누구요?

"성, 이, 연 씨라고 안 계십니까."

철컥, 자물쇠 푸는 소리가 들리고 슬그머니 문이 열렸다. 소년이 고개를 내민다. 많아야 고등학생 1학년 이상으로는 보이지 않는다.

"성이연 씨 계신가요."

"아뇨."

"잠깐 이야기 좀 할 수 있을까. 경찰서에서 나왔는데."

안주머니에서 신분증을 꺼내 펼쳐보였다. 더웠다. 태풍 직전의 습한 기운.

"경찰서요?"

"걱정 마. 조사할 게 있어서 그러니까."

아이도 아니고 그렇다고 어른은 더욱 아닌, 참으로 어정쩡한 체구와 눈빛과 목소리.

"성이연 씨 어디 갔을까. 알아?"

"회사 갔겠죠."

"회사?"

"예."

"그렇구나. 동생이니?"

"예."

"학생 같은데 학교 안 가고 뭐해. 고등학생?"

"중3이요. 오늘 현장학습 일찍 끝나서."

"어제저녁에 누나 봤니? 집에 있었어?"

"안 들어왔어요. 친구네 집에서 잔다고."

"잠깐 들어가도 괜찮을까."

방이 두 개, 부엌 딸린 거실이 비정상적으로 길고 넓다.

집 안에는 소년뿐인 모양이다. 어디선가 김치찌개 비슷한 냄새가 강력하게 코를 찌른다. 빠르게 실내를 훑었다. 눈 가는 곳마다 뭔가 지저분하고 어정쩡하다. 예습해 온 보고서에 따르면 가족은 어머니와 남동생이 성이연뿐이었다.

"어른 안 계시니. 엄마 외출하셨어?"

"돌아가셨는데요."

"어, 그래?"

"작년 초에요. 폐암으로."

사 년이면 과연 무슨 일이라도 벌어질 수 있는 시간이다. 빌어먹을.

"그랬구나. 그러니까 너도 담배 피우지 마."

소년이 등 뒤에서 우물거렸다.

"……엄마 담배 안 피웠는데요."

거실(이자 통로) 오른편에 성이연의 방이 있다. 어둑한 북향이다. 키 작은 싱글침대. 청회색 이불보가 주름 한 점 없이 덮여 있다. 지나치게 단정하다. 사람의 체온을 만난 적이 단 한 차례도 없는 것처럼. 책상과 책꽂이 역시 깔끔하게 정리되었다. 일본 만화책 몇 권, 탁상 달력, 분홍 알갱이가 담긴 모래시계, 향수병, 깡통 저금통, 도자기 필통과 그 안의 볼펜 몇 자루. 그뿐이다. 다이어리 한 권 없다. 필적을 확인할 메모 한

쪽 보이지 않는다. 보험회사 상호가 찍힌 달력을 집어 들었다. 6월이다. 9월을 재촉하는 태풍이 북상 중이건만 방 안의 시간은 아직 6월에 머물러 있다. 날짜들이 갇힌 네모칸들은 대체로 깨끗하다. 한 달에 한두 개꼴로 드문드문 스케줄이 표시되었다. 엄마 기일. 두 번째 상담. 대학로 모임. 수연 생일. 안산에 25만원 입금할 것……. 방 안을 오래 살필 것도 없었다. 가슴이 답답해졌다. 여자의 일상이 이와 같았을까. 이 책상 같고 이 달력 같았을까. 컴퓨터를 켰다. 하드디스크 안에 뭔가 중요한 단서가 숨어 있을지 모른다. 그런데 컴퓨터가 꼼짝도 하지 않는다. 본체 작동하는 소리는 들리는데 모니터가 감감무소식이다. 마우스를 쥐고 만지작거리자니 뒤에서 소년이 말했다.

"컴퓨터 고장 났는데요."

김치찌개 냄새 지독한 이 집에 더 이상 머물러 있을 이유가 없었다. 현관에 서자 소년이 뒤따라왔다. 불현듯 용돈을 주고 싶었다. 지갑에 만 원짜리가 몇 장 있더라. 참기로 한다. 용돈 주는 형사 같은 건 세상에 없다.

"누나 사진 있니."

"사진…… 별로 없을 텐데."

마루로 돌아가 뭔가 한참 뒤적거리는 시늉이더니 돌아왔다.

"이거밖에 없는데요."

사진 한 장을 받아 확인도 해보지도 않고 와이셔츠 주머니에 집어넣었다. 무뚝뚝한 형사 흉내를 내듯.

"저기 그런데요, 형사 아저씨가 누나를 왜 찾나요. 누나가 뭐 나쁜 짓이라도 했나요."

"왜. 누나가 나쁜 짓 하고 다니는 거 같으니."

"아뇨."

"아니라고? 확실해?"

"……아마도요."

"세상에 나쁜 짓 하고 다니는 사람은 별로 없다. 우리가 생각하는 것보다 훨씬 적어. 저마다 절실하게 생각하는 것들이 각자 유별나서 그렇게 보일 뿐이지만."

"……."

"그러니 걱정 안 해도 돼. 그냥 뭐 좀 알아볼 게 있어서 그러니까."

"누나한테 뭘 알아보나요?"

"넌 몰라도 된다. 질문 또 있어?"

"글쎄요."

"신경 쓰지 말고 공부 열심히 해. 찌개 같은 거 끓일 땐 환풍기 좀 켜고. 가스 불 잘 잠그고."

소년이 병든 닭처럼 고개를 끄덕였다.

"안녕히 가세요."

철컹. 등 뒤에서 현관문이 닫혔다.

사 년 전의 일 년 전. 인터넷 카페 'MS연구회'에서 세 사람은 처음 만났다. 유체이탈, 자각몽, 임사체험, 염동력, 텔레파시, 최면술, 독심술, 영매, 심령술 등의 단어들이 유령해파리처럼 부유하는 그곳에서 그들은 '사카이짱'이었고 '얼음공주'였으며 '제발좀건드리지마'였다. 3천 명 넘는 카페 회원 가운데 하루에 두세 개 이상의 게시물을 올리는 한편 다른 이의 게시물에 즐겨 장문의 댓글을 다는 열성 회원은 1백여 명 정도. 사카이짱과 얼음공주, 제발좀건드리지마는 열성회원과 일반회원의 중간 정도였으며 타나토스라는 카페 내 소모임에 오히려 더 열심이었다. 영혼과 사후세계를 연구한다는 목적으로 만들어진 타나토스의 회원 열네 명은 그들이 써 올린 글을 통해 은연중에 드러낸 바처럼 진지하게 자살을 생각하는 사람들이었다. 세 명 빼고는 한 차례 이상 자살경험이 있을 정도였다. 13살 때부터 죽음을 생각하지 않은 날이 단 하루도 없었다는 사카이짱은 그때 19살이었다.

일대일 채팅과 게시물과 댓글, 쪽지글 등으로 일 년 넘게 서로를 알았지만, 앞서 밝힌 것처럼, 죽음의 기꺼운 동반자로서 세 사람이 만난 것은 사건 이틀 전이었다. 죽음. 어느 날 그가 불현듯 나를 찾아올 때까지 가만히 기다리고 있을 것인가? 그리고 혼자 살아남은 성이연에게 남겨진 것은 수면제 기운만큼이나 버거운 자책감이었다. 짧은 만남이었지만 세상에서 가장 가까운 두 사람을 한꺼번에 잃은 기분이었다. 죽은 이들에게 미안했고 얼굴 모르는 그들의 가족에게 죄스러웠다. 함께 끝냈더라면. 그래줬더라면. 경찰 조사를 받고 집에 돌아오는 길, 문득 떠오르는 기억이 있었다. 사랑하는 누군가 죽었을 때 슬픔에 빠진 이들을 위로해주는 서비스대행업체. 카페 게시판에서 그런 이야기를 접한 적이 있었다. 어디라고 했더라?

187번째 위로 프로그램의 진행을 맡은 차연은 고인이 된 두 사람의 생전을 되짚어가기 시작했다. 이 일에 꼬박 사흘이 소요되었다.

주홍민. 제발좀건드리지마. 고등학교를 졸업하고, 공익근무를 마치고, 핸드폰 매장에서 잠깐 일했던 것 외에는 사회 경험이 전혀 없는 34세 남성. 교제했던 여자도 없었고 물론 결혼 경력도 없었다. 친구도 거의 없었다. 이 간단한 사실을 파악하기까지 적잖이 애를 먹어야 했다. 친구도 거의 없었다, 라고 말해줄 친구를 찾기가 쉽지 않았던 때문이다. 학벌도 능력도, 경력도 배경도. 장래계획도 희망도 없는 삶. 집 근처 구립도서관에서 값싸고 맛없는 백반을 사먹으며 세상 누구도 손대지 않을 책을 뒤적이고 세상 누구도 읽지 않을 낙서를 끼적이거나 하수구 냄새나는 동네의 지하 피시방에서 밤을 새우는 일을 제외하고는 이렇다 할 취미조차 없는 일상. 말도 없이 며칠씩 집을 비웠다가 돌아오는 때가 가끔 있었는데 그러고는 이틀 동안 먹지도 않고 화장실도 가지 않고 아픈 사람처럼 심하게 다친 사람처럼 잠만 잤다. 성남 하대원동에서 함께 사는 76세의 홀어머니가 유일한 식구였다. 이십 년 전 환경미화원 일을 하다가 교통사고로 사망한 남편과의 사이에 아이가 생기지 않아 네 살 때 들여온 식구라고 했다. 사오 년 전까지는 식당 일도 하고 폐지도 주우러 다닐 만큼 활동적인 그녀였지만 최근에 몸이 많이 약해져서, 보건소 가고 약국 갈 때 말고는 거의 대부분의 하루를 집에서 일일드라마 재방송을 말벗 삼아 보내고 있다. 차연이 직접 확인한 바, 아들의 돌연한 죽음에 그다지 흔들리지 않을 만큼 정신도 맑지 못한 상태였다.

연지은.. 눈물공주. 32세. 이른 나이에 중매로 결혼한 그녀가 팔 개월 만에 이혼한 이유는 극단에서 한 발짝 물러나서 맴돌던 우울증 때문이었다. 이혼 뒤에는 일산의 독신자 아파트에서 혼자 살다가 이 년 만에 시집간 언니네 집으로 들어가게 되었다. 실패로 돌아간 자살 시도 때문이었다. 언니네에서는 작은 설비회사에 취직까지 해서 그럭저럭 적응하고 살아가는 듯싶었다. 오래지 않아 직장마저 그만두고 부모님 계시는 용인 전원주택으로 쫓겨나기 전까지는 그랬다. 집 밖에 알려질까 조심스러운 사연이 거기 있었으니 대학 강사인 형부와 묘한 관계로 얽히는 결정적인 장면을 다섯 살 많은 그녀의 언니가 목격하고 만 것이다. 오히려 호통치고 역정을 내듯 부인하는 형부의 잘생긴 턱선과 긁은 눈썹은 언니를 더욱 분노케 만들었다. 이혼하네 마네 남 보이기 싫은 싸움이 길어지던 부부, 뜻밖의 계기로 사태가 봉합되었다. 결혼 칠 년 만의 기다리던 임신이 확인된 것이다. 어울리지 않게도 극적인 결말이었다.

이제는 더 이상 건드릴 사람 없는 제발좀건드리지마와 더이상 눈물 흘릴 일 없는 눈물공주의 유가족들 가운데, 불행인지 다행인지, 고인의 죽음으로 인한 슬픔과 고통을 위로받아야 할 만한 사람은 없는 듯했다. 있다면 유가족이 아니라 의뢰인 자신이었다.

마포구 용강동 437 나운빌딩 301호. 성이연은 마포의 한 출판사에서 근무하고 있었다. 입사한 지 일 년이 조금 넘는다고 했다. 20세의 그녀는 별다른 간절함이나 열정 없이 9급 공무원을 준비하던 고시생이었다. 출판사 직원이라. 항공관제사나 해양플랜트배관공처럼, 왠지 멀게만 느껴지는 단어.

목적지에 도착했습니다. 내비게이션의 지시에 따라 길가에 차를 대고 시동을 껐다. 그러고 보니 애위사 사무실에서 멀지 않다. 지하철역 있는 큰길을 건너 신한은행 건물 안쪽으로 오 분 정도 걸으면 나오는 거리. 멀지 않을 뿐 아니라 익숙했다. 음식점들이 많이 모인 이른바 먹자골목이 바로 근방이었다. 사내 회식을 하면서 근방의 돼지갈비 집을, 실내포장마차 형태의 횟집을, 해물탕집을 찾아왔던 게 열다섯 번은 넘을 것이다.

핸드폰을 열고 최근 통화목록을 찾았다. 갈현동의 어정쩡 소년에게서 받아온 전화번호가 저장되어 있다. 통화버튼을 눌렀다. 첫 번째 시도다. 통화 연결음을 대신하는 노래 구절이 쏟아졌다.

내가 갑자기 가슴이 아픈 건

그대 내 생각 하고 계신 거죠

흐리던 하늘이 비라도 나리는 날

　　지나간 시간 거슬러 차라리 오세요

　이 노래. 귀에 익는다. 서지후를 아직도 듣는구나.

　한 번쯤 스쳐가지 않았을까. 빌어먹을 이렇게 가까운 거리에 있었으니. 스쳐가거나 그와 비슷한 상황에 놓인 적이 한 번쯤 있지 않을까. 횡단보도에 나란히 서서 함께 신호를 기다렸거나. 다른 방향으로 길을 걷다가 신경질적인 자동차 경적소리에 함께 고개 돌려 찻길을 바라봤거나. 눈이 내리거나 비가 멈춘 퇴근길에 2단 우산을 말아 쥐고 지하철역까지 함께 걸었거나. 이 근방에서 일 년 넘게 근무했다니까, 한 번쯤 그런 일이 없었다면 그게 도리어 이상한 노릇 아닐까. 슬프게 이어지던 컬러링이 끊기고 안내 목소리가 이어졌다. 지금은 전화를 받지 않습니다. 다음에 다시 걸어주시기 바랍니다.

　도서출판 '미래의 과거'. 철제 현관문을 두드렸다. 톡톡. 대꾸가 없다. 손잡이를 살그머니 잡아 돌린다. 문은 저항 없이 열렸다. 차분히 가라앉은, 가라앉다 못해 뭔가 굉장히 오래된 듯 삭아가는 냄새가 물씬 코를 풍긴다. 다섯 명 정도 되는 직원들이 각자의 책상에 죽은 듯 앉아 있다. 노크 소리가 나고 문 여닫는 소리가 들리고 누군가 들어오는 기척이 이어졌건만 누구 한 사람 뒤를 돌아보는 이가 없다. 사무실 아니라 도서관 같다. 심야의 독서실 같다. 비 오는 월요일 아침의 박물관 같다.

빈 유리컵과 칫솔을 들고 느릿느릿 화장실에서 나오던 누군가가 걸음을 멈추었다.

"……어떻게 오셨나요."

야간자율학습에 지친 고3 수험생 같은 목소리.

"성이연 님 계십니까."

"누구요?"

"성이연 님."

"아, 이연 씨."

"여기 근무하시는 분 아닌가요."

"맞아요. 그런데……."

여자의 눈동자가 오른쪽 위를 향한다. 뭔가를 감추거나 꾸미려고 할 때 그런 신체 움직임을 보일 확률이 오십팔 퍼센트 가량 된다고 했다.

"자리에 안 계시는데요."

"자리에 없다면……."

"오늘, 출근을 안 하셨어요."

"휴가인가요."

"그렇지는 않고요."

"왜 그러는데?"

누군가 다가왔다. 화장기 없이 창백한 데다 넓적한 얼굴, 갈색 뿔테 안경에 커다란 집게로 말아 올린 머리, 납작한 천 슬리퍼를 신은 여자다. 애위사 명함을 지갑에 채워 넣고 삶과 죽음이 공존하는 별의별 곳들을 다 찾아다녔지만 출판사라는 곳은 처음이었다. 대저 출판사란, 세상의 출판사 직원들이란, 원래 이런 분위기여야 하는 것인가.

"편집장입니다. 무슨 일 때문에 그러시죠."

"경찰서에서 나왔습니다."

안주머니에서 예의 경찰 신분증을 꺼내 내밀고는 빠르게 덮었다. 여자는 차연의 손이 움직이는 쪽으로는 눈도 주지 않았다.

"성이연 씨, 오늘 출근 안 하셨습니까?"

"예."

"무단결근이군요."

"그런 셈이죠."

"전화 연락도 없었고?"

"아직까지요."

"어제는 출근했었나요."

"물론이죠. ……그런데 실례지만, 무슨 일이신지."

"평소에도 이런 일이 많았습니까. 무단결근."

"그렇지는 않아요."

직원들은 여전히 자기 자리에 웅크린 채, 이 작은 소요에 아무 관심도 없다는 듯, 모니터에 코를 박고 있다. 겨우내 햇빛을 못 받아 시들고 만 화분들 같다.

"뭐 좀 조사할 게 있어서 그럽니다. 그분 책상이 어디인 가요."

사무실 오른편 구석. 창문을 등진 방향. 두 면의 파티션으로 가려져서 뒤로 돌아가지 않으면 보이지도 않는 공간에 성이연의 자리가 있었다. 책상 위, 빨간 색 글자들이 낙서처럼 얼룩진 종이들이 몇 뭉텅이 서로 다른 각도로 포개어져 있다.

"이게 뭔가요."

"율리시스에요."

"율리시스?"

"제임스 조이스요."

마차가 멈추었다.

─무슨 일이야?

─우린 멈췄어.

―여기가 어디지?

블룸 씨가 머리를 창문 밖으로 내밀었다.

―그랜드 운하요. 그는 말했다.

가스공장. 가스는 백일해를 고친다고들 하지. 밀리가 결코 걸리지 않았던 게 다행이야. 불쌍한 아이들! 그들은 경련 때문에 검으락푸르락 몸을 이중으로 꾸부리지. 정말 지독한 거야. 다른 병들과 비교해 가볍게 면했어. 단지 홍역만. 아마㉱麻씨 차*. 성홍열猩紅熱. 이번 기회를 놓치지 마시라. 저 건너 개* 병원이. 불쌍한 늙은 애도스! 애도스를 잘 봐다오. 리오폴드, 나의 마지막 소원이란다. 아버님의 유언은 이루어질 거예요. 우리들은 무덤 속의 사자死者들에게 복종하는 거다. 임종시 갈겨쓴 유서. 아버님은 개를 퍽 걱정하시며, 괴로워하셨지. 조용한 짐승. 노인의 개는 보통 그렇지.

프린트물을 뒤적이다가 내려놓았다.

"분량이 어마어마하군요."

"대작이죠."

"이게 교정지라는 건가요."

"맞아요."

"생각만 해도 머리가 지끈거리네."

"생각만 하세요."

모니터 주변에 다닥다닥 붙은 포스트잇 쪽지. 뚜껑 덮인 머그잔. 하트 모양의 분홍색 등받이 방석과 체크무늬 무릎 담요. 분홍 케이스의 핸드로션 한 통. 갈현동, 주인 없이 어둑한 방이 거기 또 있었다. 여자가 하루 아홉 시간을 시든 화분처럼 앉아서 율리시스를 들여다봤다는 그곳 어디에도 '2일 새벽 6시'에 대한 단서는 찾을 수 없었다.

"성이연 씨, 어떤 분이었나요."

"……예?"

어떤 분인가요, 라고 할 걸 그랬나.

"평소 성격 말이지요. 주변 직원들과의 관계라든가."

편집장이 한숨을 뱉었다.

"성실한 친구죠. 활달하고 말이 많은 편은 아니지만."

"활달하고 말이 많을 수 없겠네요. 이 많은 교정지를 앞두고 있으려면. ……요즘 들어 뭐 이상한 기색 같은 거 없었나요."

"이상한 기색이라. 어떤?"

"저는 모르지요. 예를 들면 평소와 다른."

"글쎄요."

그러고 보니 키도 큰 데다 어깨도 다부지게 벌어진 체구다. 출판사 편집장이 아니라 여자핸드볼선수나 트럭운전을 했더라면 지금보다 훨씬 활동적인 삶을 살지 않았을까. 무슨 의미인지 모를 한탄이 이어졌다.

"아실지 모르겠지만 우리 같은 영세 출판사 직원들, 하루 앞도 제대로 못 챙기고 살아가는 경우가 대부분이에요. 그러니 제발 말씀 좀 해주세요. 이연 씨에게 무슨 일이라도 생긴 건가요?"

성이연과 가장 가까운 사이였다는 스물두 살 경리직원을 만났다.

"그저껜가, 점심 먹다 말고 갑자기 그러더라고요. 너는 꿈이 뭐냐고."

"뭐라 하셨나요."

"베트남쌀국수요."

"점심 메뉴 말고요. 뭐라고 대답하셨냐고."

"아, 내가 뭐랬더라. 그냥 해외여행이나 마음껏 다니다가, 돈 많은 남자랑 결혼해서 재미있게 살고 싶다고. 그게 꿈이라고."

"......"

"점심 먹는 내내, 국수에서 돌이라도 나왔는지 내내 시무룩해 있는 거예요. 그래서 나도 물었죠. 언니 꿈은 뭐냐고."

"뭐라던가요."

"잠을 자야 꿈을 꾸지."

"잠을?"

"하늘을 봐야 별을 따지. 뭐 그런 거 있잖아요."

"......"

"그런데요, 이런 이야기를 원하시는 건 아니죠?"

12   기억이란
       사랑보다

　태풍이 동해 쪽으로 빠져나가고 있다는 소식이다. 비바람
은 아직 거셌다. 차 세워놓은 곳으로 다가간 차연이 아 씨발,
중얼거렸다. 윈도브러시 사이에 하얀 종이 한 장이 예쁘게
붙어 있다. 4만 원짜리다. 과태료 부과 및 견인 대상 차량.
이런 날에 주차단속이라니, 누군지 변태 아냐? 비바람을 맞
아가며 딱지를 떼어내고 운전석에 앉았다. 젖은 몸을 닦느
라 휴대용티슈 한 봉을 다 썼다. 의자를 있는 한껏 젖히고 드
러누웠다. 투둑투둑. 툭. 툭. 차 안에 빗방울 듣는 소리가 이
어지고 있다. 안주머니에서 사진 한 장을 꺼냈다. 갈현동에
서 얻어온 것이다.

재작년 봄에 찍은 거예요. ……돌려주실 건가요?

태풍 오고 비바람 쏟아지는 계절이지만 사진 속은 더없이 화창한 봄날이다. 연분홍 풍성한 봄꽃나무 아래 세 가족이 서 있다. 남동생과 어머니, 그리고 누나. 하늘은 새파랗고 한가득 터진 벚꽃은 뭉게구름이 지상에 막 내려앉는 것 같다. 여의도 윤중로? 인천 자유공원? 경복궁? 남동생은 아까보다 더 어리고 머리가 짧았다. 이땐 제법 귀여웠구나. 벚꽃만큼이나 화사한 꽃무늬 블라우스에 하얀 면바지를 입은 중년 여인, 햇빛에 눈이 부신지 미간을 살짝 찌푸렸다. 작년에 폐암으로 세상을 떠났다는 어머니일 것이다. 그리고 여자. 성이연. 나무그늘 아래, 엄마의 왼쪽 팔꿈치를 붙들고 서서 카메라 향해 옅은 미소를 지어보이는.

맞아. 이 여자.

삼 년 전, 아니 사 년 전에 만났던 얼굴.

뭔가 참담했다. 뭔가 아찔했다. 혈흔 낭자한 범행 현장이 고스란히 찍힌 CCTV 화면에서 어딘지 낯익은 사람을 발견한 기분이다. 자세히 확인한 결과 그게 다름 아니라 자기 자신임을 확인하는 기분이다.

사진 속 얼굴을 바라본다. 집중하면 할수록 초점이 뿌옇게 흐려진다. 작년부터 부쩍 심해진 원시 때문이다. 노란 티셔츠. 하얀 얼굴. 짙은 눈썹. 검은 단발머리에 반듯한 이마.
그런데 닮았다. 누군가와 닮았다. 어딘지 분위기가 비슷하
다. 그런데 누구지? 상의 주머니에 사진을 집어넣고 의자
등받이를 세웠다. 시동을 넣었다. 부르릉. 길가에서 차를 빼
내며 핸드폰을 집어 들었다. 조금 전의 번호로 다시 전화를
걸었다. 예의 컬러링이 이어진다.

내가 갑자기 가슴이 아픈 건

그대 내 생각 하고 계신 거죠.

  늦가을부터 초겨울까지 성이연을 네 번 만났다. 애위사의
187번째 위로 프로그램. 가능하다면 유가족들을 위해 뭐라
도 직접 해보고 싶다는 의뢰인의 바람은 전례가 많지 않은 경
우였지만, 실은 그렇지 않았더라도 그녀를 프로그램 안에 (어
떤 식으로건) 끌어들일 계획이었다. 반복되는 우울증 치료, 가
출과 입원, 네 차례의 자살 시도. 지쳤어요. 그만 끝내고 싶
었어요. 그뿐이에요. 진정으로 위로와 위안이 필요한 사람
은 바로 의뢰인이었으며 정작 그녀 자신은 이를 모르고 있
는 상황이었다.
  76세에 유일한 혈육을 잃고 혼자된 주홍민의 노모. 아들

잃은 슬픔보다는 당장의 생활을 더 고민해야 할 처지였다. 오늘은 하루 두 끼를 먹을 수 있을지 내일은 보일러가 얼지 않도록 연탄을 땔 수 있을지, 아들 있을 때나 없을 때나 걱정거리는 크게 달라질 게 없었다. 가난한 사람들, 늘 없었고 없으며 없을 이들에게 겨울은 최악이었다. 날 추워지니 몸은 더 아프고 하루는 더 길었다. 사설 복지단체의 노인지원센터 봉사자들이 되어 성남 태평동에 사는 그녀를 찾았다.

"할머니, 많이 불편하셨죠? 혼자 생활하는 데 어려움 없으시도록, 저희가 최대한 도와드릴게요."

그녀와 그녀의 거처 모두 생각했던 것 이상으로 상태가 좋지 않았다. 사람 두 명이 누우면 딱 알맞을 크기의 방이 두 칸. 1970년대 영화에 나올 법한 부엌과 화장실. 둘러본즉 손 가지 않을 구석이 별로 없었으며 손대봐야 크게 나아질 구석이 거의 없었다. 당연한 이야기가 되겠지만 얼마 남지 않은 여생 동안 그녀의 하루하루는 더욱 가난해지고 추위지고 아파지고 불편해질 터였다. 썩은 냄새 진동하는 장판을 걷어내고 죽은 곰팡이가 시커멓게 눌어붙은 벽지를 뜯어내던 성이연이 울었다. 소리 없는 눈물을 줄줄 흘렸다. 지켜보던 차연이 물었다.

왜 우나요.

여자가 고개를 저었다. 그런 질문은 질문도 아니에요, 항변하듯.

죽은 사람 때문에? 아니면 저 할머니?

턱에 고인 눈물을 손바닥으로 문질러 닦으며 중얼거린다.

……벽지가 너무 더러워요. 너무.

연지은의 경우 안양 수리산의 영암사라는 작은 절에 위패가 모셔졌다. 사망하고 칠 일째 되는 날 영암사를 찾았다. 거기서 연지은의 유족들을 만났다. 첫 번째 사십구재. 껴들어도 좋을 남의 가족 행사가 아니었으므로 먼발치에서 그들을 지켜보았다. 식구들은 어린아이 두 명을 포함해 열 명이 되지 않았다. 절에서 기르는 강아지가 한 마리 있어, 아이들은 강아지를 쫓아 낙엽 쌓인 절 앞마당을 뛰어다니며 놀았다. 불미스러운 일을 만나 파경으로 치닫던 언니 부부가 바로 저들인가. 그들 사이에 불현듯 나타나 이혼을 면하게 했던 존재가 바로 저 아이인가. 고인의 어머니로 보이는 중년 여성이 시종 소리 없이 눈가를 손수건으로 꾹꾹 누르고 있었다. 못마땅한 입매를 굳게 다물고 있다가 잔소리 한 마디씩 툭툭 내뱉는 저 노신사가 그렇다면 고인의 아버지일 것이다.

두 번째로 유족들을 만난 것은 고인이 숨진 지 딱 삼 주, 이십일 일째 되는 날이었다. 관욕觀浴. 영가의 모든 업장을 소멸하고 영가를 목욕시켜드리는 의식. 이 날만큼은 용기 내어 그들 앞에 나서야 했다.

"친한 후배예요. 누구보다 잘 통하는 사이였는데⋯⋯."

누구보다 잘 통하는 사이란, 과히 틀린 말이 아닐지 모른다. 가족들은 적잖이 놀라는 눈치였다. 무엇보다 인상적인 것은 성이연의 등장이 아니라 그 얼굴을 가득 적신, 진심 어린 슬픔의 기색이었다. 평생 우울증의 그늘에 갇혀 본인은 물론 주변 사람들의 삶마저 고통으로 물들이다가 훌쩍 떠나간 고인에게 뒤늦게나마 찾아와서 슬픔을 공유할 만큼 가까운 지인이 있었다는 의외의 사실. 어머니가 성이연을 꼭 안아주었다. 죽은 딸이 살아 돌아오기라도 한 것처럼.

"고마워요. 고마워."

그 품에 고개를 묻고 성이연이 어깨를 떨었다. 번잡스러운 아이들 때문에 신경이 날카로웠던 고인의 언니도 결국 눈물을 보였다. 처음 만나는 사람들 사이를 강물처럼 유유히 연결하는 눈물. 흔히 회심, 이라고 말해지는 존재 내면의 변화 또는 동요에 대해 생각해볼 수 있는 하나의 근거. 애위사가 추구하는 바처럼, 살아남은 이들의 슬픔이란 바로 이러할 때 그들 자신을 위한 모종의 가치를 찾을 수 있게 된다. 여느 다정한 사회복지단체도 친절하기 그지없는 상담사도 꾸며대기 어려운 간절함 같은 것 말이다.

　성남 태평동에 두 번째로 찾아가 라면박스와 20킬로그램 쌀 세 포대, 김치 두 통을 전달했다. 병든 보일러를 손보고, 가난한 기름통을 가득 채우고, 허술한 문풍지 바람막이 공사마저 끝내니 그새 저물녘이었다. 집 안 어디에도 죽은 사람의 흔적 같은 것은 남아 있지 않았다. 있느니 하루하루 빠듯하고 가난하며 앞으로가 더욱 암담한 일상의 냄새였다.

　"……저희, 이만 가보겠습니다."

　지원센터에서 마련한 생활보조금 봉투를 내놓자 노모가 차연과 성이연의 손을 꼭 잡아 줬다. 아들 떠나고 난 뒤로 나라에서 주는 돈이 늘어났더란 말을 태연히 하던 그녀가 입술을 떨었다. 성이연의 두 손을 꼭 잡아준다.

　"아이고 이 은혜를 어떻게. 응? 밥도 한 끼 대접 못하고."

　187번째 의뢰인이 질끈 눈을 감았다. 죽은 아들과 함께 자살을 시도했었다는 사실이 설령 밝혀진대도 놓지 않을 것만 같은 손. 차연이 대신 답했다.

　"저희 또 찾아올게요. 건강하세요 할머니."

　11월 넷째 주 금요일이었다. 저녁 되면서 다시 눈발이 날렸다. 금요일 퇴근 무렵이라 길은 어디서고 막혔다.

운전석 옆자리의 성이연은 화난 사람처럼 창밖 어두워지는 거리만 내내 바라보았다. 저녁 시간이 빠르게 흐르고 있다. 죽은 사람은 잊어지고 남은 사람은 늙어간다. 산 자와 죽은 자의 경계가 그렇게 지워져간다. 남은 진리는 그러하다. 그리고 더 무엇이 필요할 것인가.

"이제 끝난 건가요."

"그런 셈이죠."

힘들게 성남을 빠져나와서는 세곡동 근방에서 다시 길이 막혔다.

"저희가 할 만한 일은 이제 없다는 의미지요. 남은 뭔가가 있다면 그건 우리의 일이 아닌 거고."

"……."

"지난번에도 말씀드렸지만 성이연 님의 정성 덕분에 두 분 모두, 이제 마음 편히 다른 세상으로 떠나셨을 겁니다. 남은 가족들도 슬픔을 잊고 일상으로 돌아갈 수 있을 테고 말이죠."

참과 거짓을 가릴 진실이 따로 존재한대도, 그 말이 진실과 얼마나 가까울지는 별로 중요치 않았다.

"그럼 이제 어떻게 하나요."

"뭘요."

"저요."

"사셔야죠. 열심히."

그걸 왜 나에게 묻나요, 라고 대꾸할 수는 없는 일이니까.

"그런 질문이 필요 없어질 때까지."

먼지 같은 눈발이 툭툭 차창을 스치고, 온종일 막노동 아닌 봉사활동을 하느라 지친 몸을 이끌고 뜨끈한 대중목욕탕에라도 가고 싶은 날.

"그런 이야기 들어보셨나요."

창밖의 저녁을 묵묵히 주시하던 여자가 중얼거렸다.

"사람이 죽으면, 살아 있을 때보다 여덟 배는 똑똑해진다는 말."

"여덟 배나?"

"들어본 적 있나요."

"처음이에요. 죽은 사람은 다 안다, 그런 건가."

"그 이상이죠. 알고 모르는 이상의 깨달음을 얻는 거니까. 현명했던 사람은 죽어서 자신의 어리석음을 깨닫고. 다정하고 마음 따뜻했던 사람은 죽어서 자신의 비열함을 깨닫고. 열정적이었던 사람은 죽어서 자신의 무기력함을 깨닫고."

"왠지 죽기 싫어지네."

"생전에 아무리 나쁜 놈 못된 놈 때려죽일 놈이라고 욕먹던 사람이래도 죽으면 일단, 최소한이나마 예의를 갖추는 이유가 그거래요."

"깨달았으니까?"

양재동 사거리. 지하철역 앞에 차를 세워주었다.

"그 사람들, 뭘 깨달았을까요. 지금 무슨 생각을 하고 있을까요. 나에 대해서."

불현듯 떠오르는 대답이 있었다. 하지만 침묵을 지키기로 했다. 길가에 선 여자가 유치원생처럼 꾸벅 고개를 숙였다. 입 안에 다소 극적인 충고 겸 작별인사가 맴돌고 있었다. 실은 이십여 분 전부터 준비해놓고 있던 내용이었다. 그러나 이 역시도 입 밖에 내지 않기로 했다. 진정 누군가를 위해서, 때로는 아무 말도 행동도 하지 않는 게 최선인 경우가 있었다.

"고생 많았어요."

"……예."

"또 연락 주세요. 언제라도 좋으니. 필요하면 게 생각나거나 새로 생기면."

집에 돌아오니 7시 48분. 사막을 헤매다 온 기분이었다. 건너야 할 사막을 고스란히 남겨둔 채로. 종일 소득 없이 헤매고 다니느라 기운도 없고 배고 고팠으며 무엇보다 졸렸다. 새벽잠을 설친 때문이다. 길고 긴 하루였다. 냉장고 문을 열기도 귀찮았고 그 안에 뭐가 있는지도 잘 생각나지 않았다.

끈적끈적해진 몸을 찬물로 씻고 나와, 쉴 새도 없이 열심히 집 안을 뒤졌다. 책상과 책장과 붙박이장과 침대 서랍장 구석구석, 이사 오면서 한 귀퉁이에 쑤셔 박아 놓고 눈길 한 번 주지 않았던 베란다의 플라스틱 박스까지.

이 년 전 지금 사는 곳으로 살림을 옮긴 뒤, 시디를 통해 음악을 들은 적이 단 한 번도 없었다. 예전 살던 집에 소형오디오와 고물 시디플레이어를 미련 없이 버리고 온 때문이다. 데스크톱 하드디스크에 가득 저장된 음악 데이터들. 하루 온종일 쉬지 않고 들어도 몇 년이 걸릴지 알지 못할 용량이었는데, 이조차도 매일 새로운 아티스트의 새로운 싱글들이 쏟아지는 인터넷의 스트리밍 음원서비스와 스마트폰 앱을 이용하느라 손댈 일이 거의 없어지진 형편이었다. 시디와 MP3의 시대는 그렇게 어물쩍 차연 곁을 떠나갔다. 한때 엘피의 시대가 그러했듯이. 그럼에도, 멈춤^{Pause} 기능이 고장 난 시디플레이어와 달리 1천 장 가까이 모았던 시디들을 버리고 올 용기가 나지 않았다. 3천5백 장의 엘피와 에로이카T5000 턴테이블을 고작 81만 원을 받고 중고업자의 봉고차에 실어 떠나보낸 게 오 년 전, 예전 살던 집으로 이사 오던 무렵이었다. 그처럼 두고두고 아쉬운 경험이 없었더라면 이삿짐을 싸며 그 많은 시디를 따로 챙기는 고생은 하지 않았을지 모른다. 형형색색의 시디 케이스들. 빈 케이스도 있었고 시디 두 장이 겹쳐 보관된 케이스도 있었으며 케이스와 내용물이 일치하지 않는 경우도 적지 않았다. 한참을 헤맨 끝에 머릿속 절실한 물건을 기어이 찾아낼 수 있었다.

⟨chapter 13⟩.*

철컥. 데스크톱 모서리에서 튀어나온 트레이에 시디를 얹고 다시 밀어 넣는다. 위이잉. 조용한 방 안에 시디 읽히는 소리가 나직하게 이어진다.

한때는 책장 한 면을 가득 채우고 있던 목록에 새롭게 추가된 뒤로, 이 시디를 일곱 번 정도 들었던 것 같다. 스마트폰 아니라 고물 시디플레이어와 오디오로 음악을 듣던 때였다. 2007년 발매된 서지후의 네 번째이자 마지막 앨범. 개중에서 가장 수월하게 귀에 들어왔던 ⟨기억이란 사랑보다⟩는 두 번째 곡이었다. 피아노와 어쿠스틱 기타로 시작되는 전

* 2001년도에 발표된 이문세의 정규앨범. ⟨기억이란 사랑보다⟩ 역시 작중 인물인 서지후가 아니라 이문세의 노래다.

주. 이어지는 목소리는 쓸쓸하고 우울했으며 또한 차가웠다.

　내가 갑자기 가슴이 아픈 건
　그대 내 생각 하고 계신 거죠
　흐리던 하늘이 비라도 나리는 날
　지나간 시간 거슬러 차라리 오세요

　처음 듣는 노래임에도 어쩐지 귀에 익은 느낌. 아닌 게 아니라 어디선가 들어본 듯 친숙했다. 알고 보니 앨범 가운데서 대중적으로 가장 많이 알려진, 그가 죽은 뒤 가요순위 프로그램에서 3주 연속 1위를 기록한 곡이었다.

　기억이란 사랑보다
　더 슬퍼
　기억이란 사랑보다
　더 슬퍼

13   3주기
추모콘서트

벨을 누를까 잠깐 고민하다가 도어락을 열고 친숙한 여섯 자리 비밀번호를 눌렀다. 181818. 차르륵, 소리를 내며 현관 자물쇠가 풀렸다. 요번 달에만 벌써 몇 번째 이곳을 드나드는지 모른다.

원형은 집에 있었다. 어둑한 방 안. 등을 보인 채 컴퓨터 책상 앞에 앉아 있다.

"왔어요?"

"왔지요."

불을 왜 켜지 않았을까. 신을 벗고 마루에 올라섰다. 냉장고 구석에 웅크리고 있던 네오가 고개를 쳐들었다. 니야오.

"그래, 할 말이 뭔가요."

"할 말?"

"전화로 그랬잖아요. 긴히 할 말이 있다고. 좀 와달라고."

"급하시긴."

원형이 의자에 앉은 채 몸을 돌렸다. 빙그레 웃는다.

"서두르지 말고 앉아요. 여기, 내 곁에."

그 미소. 오싹 소름이 끼쳤다. 오싹 소름이 끼칠 만큼 매혹적이다.

"그래, 요새 어떻게 지내나요."

"어떻긴요. 늘 똑같죠."

"연락도 통 없고. 말해 봐요. 아직도 삐친 거예요?"

"그 이야긴 저번에 했잖아요. 아니라고."

원형이 다시 웃었다. 손을 뻗어 차연의 팔을 쓰다듬는다. 아래서 위로, 위에서 아래로, 천천히 부드럽게. 뭐지? 놀라운 감촉이었다. 달콤한 손길이 팔 아니라 몸 전체를 어루만지는 것 같다. 이를 어째. 바지 앞섶이 불룩하게 팽창하는 중이다. 정말이지 상황 파악이 안 되는 녀석이로다. 이 기색을 원형에게 들키면 어쩌나.

"차연."

"왜요."

"말 좀 해봐요. 터놓고."

"무슨 말을……."

"요새, 뭘 하느라 그렇게 바쁜 건지."

"무슨, 소리에요."

"솔직히 말해줘요. 우린 충분히 그래도 되는 사이잖아요.
아닌가?"

"……."

두근두근 세차게 가슴이 뛴다. 바지 앞섶이 더욱 곤란해
져만 가고 있다. 불을 켜야 한다. 적당히 어두운 게 문제다.
아직까지 팔에 간질간질 남아 있는 손길의 느낌.

"다 알아요. 차연이 하루 종일 나를 찾아다녔다는 거. 갈
현동 집에도 오고 마포 출판사도 쫓아오고."

"어?"

놀란 차연이 일어섰다. 한 걸음 물러섰다.

"당신은."

"그래요. 나에요."

원형이, 성이연이, 고개를 끄덕였다.

"이제 겨우 눈치 챈 건가요? 실망이네. 나에 대해, 관심이
더 많은 줄 알았는데."

"언, 언, 언제부터 이랬던 건가요."

"언제부터라뇨?"

의자에서 천천히 몸을 일으킨다. 나아. 냉장고 구석에서 네오가 다시 울었다.

"차연을 만났을 때부터, 차연을 만나기 전부터, 나는 나였어요. 차연이 몰랐을 뿐이지요."

그렇던가? 원형은 성이연이었던가? 사 년 전 성이연이, 바로 원형이었던가?

"내가 두려운가요?"

"……."

"제발 그런 표정 짓지 말아요. 오늘은 세상에서 제일 행복한 날이니까."

"내게, 원하는 게 뭔가요."

"함께 있어주세요. 그것뿐이에요. 혼자는 조금 외로우니까. 혼자 가는 길은."

"혼, 혼자 가는?"

"슬퍼하지 말아요. 나를 위해, 부디 내 마지막 순간을 지켜줘요. 지금은 내 삶의 궁극을 알아가는 첫 번째 시간이에요."

헉. 다급한 숨을 들이마셨다. 피. 검은 피. 원형-성이연의 손목을 깊고 길게 벤 상처로부터 시커먼 피가 찐득하게 흐르고 있다. 책상 위를 가득 적시고 방바닥에 줄줄 흘러 웅덩이처럼 고여 있다. 검은 피의 웅덩이. 눈이 멀 것 같았다.

"고마워요 차연. 알게 되어 고마웠어요. 차연이 아니었더라면, 나를 위해 이런 결정을 내리지도 못했을 거예요."

거기서 울컥 잠깼다. 꿈속 세상은 간데없이 사라졌지만 섬뜩함은 끔찍함은 고스란히 남아 거칠게 목을 졸랐다. 새벽 4시 20분.

침대 모서리에 앉아 숨을 골랐다. 다시 잠들 수 있을 것 같지 않다. 그러고 싶지도 않았다. 이틀째다. 이틀 연속으로 새벽잠을 설치는 중이다. 빌어먹을. 머리가 아팠다. 덩달아 속까지 울렁울렁.

불 꺼진 원룸. 그곳에서 만난 원형을 생각하고 성이연을 생각한다. 알 수 없는 노릇이지만 원형과는 달랐고 사진 속 성이연과도 어딘지 다른 얼굴이었다. 기억하는 어느 얼굴과도 같지 않은, 그러나 왠지 낯이 익다고 믿어지는 얼굴이었다. 검은 피. 검은 피의 웅덩이. 그럴 수 있다면 기억 속 미치도록 생생한 장면을 향해 침을 뱉고 싶었다.

잠든 컴퓨터를 깨웠다. 책꽂이 위에 올려둔 사진을 집어든다. 화창한 봄날, 만개한 봄꽃나무 아래 세 가족. 나무그늘 아래에 엄마 팔짱을 끼고 선 여자를 물끄러미 바라본다.

시디롬 안에 서지후가 들어 있다. 위잉. 시디가 빠르게 회전하고 새벽 깊은 방 안에 나직한 음악소리가 시작된다.

　성이연을 다시 만난 것은 사 년 전이었다. 아니다 삼 년 전이었다. 1월 둘째 주. 눈 내리던 양재동 지하철역 근방에서 헤어지고 두 달 만이었다. 187번째 의뢰인과의 만남을 사 년 전 아니라 삼 년 전으로 기억했던 착란은 이 때문이었다. 그 한 번의 만남 때문이었다.

　퇴근 무렵, 사무실 전화가 아니라 핸드폰으로 연락이 왔다. 오늘 좀 볼 수 있겠느냐고 다짜고짜 청해온다.

　"지금 마포에 있어요. 사무실에서 멀지 않은 곳에."

　해 바뀌어 다시 만난 성이연. 이제야 새삼 떠오르는 기억이 있으니 그녀의 얼굴 표정이 아니라 부츠였다. 무릎까지 오는 검정색 치맛단 아래, 높은 굽의 새빨간 에나멜 부츠.

　"잘 지내셨나요."

　그새 많이 자란 머리칼을 손빗으로 쓸어 넘긴다. 매운 겨울바람이 그 머리칼을 다시 흐트러뜨렸다. 하얀 목도리를 해서 그런지 더욱 창백해 보였다.

　"부탁드릴 게 있어요."

　"갑자기 무슨……."

"실은 이런 부탁을 할 사람이 주변에 아무도 없어서요.".

추운 날이었다. 거리를 오가는 이들의 얼굴 표정만 봐도 체감온도를 짐작할 수 있는 날이었다. 장갑 낀 두 손으로 코와 입을 막은 여자가 자신 없이 말했다.

"가야 할 곳이 있어요. 꼭 가야 할 곳이."

"그게 어디인가요."

"저 혼자는 도저히 갈 수 없는 곳이지요. 그래서."

"어, 추워. 어디라고요?"

"올림픽공원이요. 콘서트가 8시 시작이에요."

"저기, 저는."

"그랬잖아요. 또 연락 주라고. 언제라도 좋으니 필요하면 게 생각나거나 새로 생기면 그렇게 하라고. 저번에 헤어지면서 그랬잖아요."

"……."

"부탁이에요. 제가 이렇게 빌게요."

야근도 퇴근 후 약속도 마침 없었다. 8시까지면 시간도 충분했다. 차가운 1월 바람에 머릿속까지 얼어붙었는지 여자의 돌연한 요청을 거절할 구실이 떠오르지 않았다. 이런 애매하고 난처한 상황이, 어쩌면 여자를 처음 만나던 날부터, 이미 준비되어 있었던 것 아닐까?

올림픽 공원 체조경기장. 그날 딱 하루, 단 일 회만 열리는 음악콘서트였다. 이십 분 전에 도착하니 두꺼운 옷을 껴입고 입장을 기다리는 줄이 경기장 주변으로 거의 한 바퀴 늘어서 있었다. 중고등학생 팬들은 눈에 띄지 않았고 웬걸, 2~30대 여성들이 대부분이었다.

"배고프죠? 이거라도 좀."

헐레벌떡 뛰어온 성이연이 미안한 얼굴로 내미는 비닐 봉투 안에 종이봉투가 두 개 담겨 있었다. 하나는 붕어빵 하나는 군밤. 이걸 어디서 구해왔을까. 아닌 게 아니라 무척 시장했던 참이다. 붕어빵은 아직 따뜻했지만 날씨가 날씨인지라 하나를 다 먹기도 전에 차갑게 식고 말았다.

"정말 고마워요. 이걸 보러 올 수 있을지 어떨지, 세 시간 전까지만 해도 미처 몰랐어요."

"전화를 미리 좀 주시던가."

"바로 그 문제로 고심했다니까요. 자, 이거 받으세요."

"또 뭔가요."

서지후의 4집 시디였다.

"집에 가서 잘 들어보세요. 울지는 말고."

".왜 우나요."

"명반이거든요. 왜 이제야 알게 되었을까 슬퍼지는."

여성스러운 외모와 달리 카랑카랑 쓸쓸한 저음. 철학과 시를 넘나드는 깊이의 가사와 음울한 멜로디가 독특한 노래들. 아이돌그룹과 댄스음악 일색인 가요 시장의 가장 이질적인 존재, 서지후의 시신이 자택 욕실에서 발견된 것은 삼년 전인 2008년 1월 14일, 그의 나이 29세 때였다. 목욕물은 미지근했고 그의 알몸은 물속에 똑바로 드러누워 있었다. 자필로 쓴, 유서에 가까운 메모는 열한 줄에 달했으며 이후로 그 문장을 외우지 못하는 팬들은 없었다. 약물중독에 의한 과도한 스트레스로 인한 충동적 자살. 공식 발표 이후로 그의 죽음을 둘러싼, 그를 아끼고 그의 죽음에 슬퍼하는 팬들의 숫자만큼이나 많은 소문들이 재생산되어 방송계와 인터넷 안팎을 떠돌았다. 개중에는 제법 그럴 듯한 내용도 있었고 신빙성은 드물지만 한번 들으면 잊지 못할 만큼 흥미로운 내용도 있었다. 추모콘서트가 한 해의 가장 추운 시기에 열린다는 사실은 일 년 중 가장 추운 계절에 세상을 떠난 음악인의 운명이자 그를 기리는 팬들의 숙명이었다.

3주기를 기념하는 그해 추모콘서트에는 평소 절친했던 윤종신, 김범수, 이승렬, 홍경민, 바비킴, 김연우, 장혜진, 화요비, 김장훈, 박정현 등 선후배 가수들이 출연을 약속했다. 그와 인연이 전혀 없는 신인 아이돌 그룹 두 팀도 출연을 자처하고 나섰다. 세상 떠난 그의 일부가 여전히 죽지 않고 살아 그 영향력을 미치고 있다는 반증이었다. 여느 콘서트장과는 달리 차분하기까지 한 분위기. 조명 꺼진 무대에 차분한 피아노 전주가 시작되고, 무대 한 구석이 서서히 밝아오고, 나직한 박수가 이어졌다. 성이연이 차연의 귀에 속삭였다.

"오늘, 아마 같이 왔을 거예요. 분명히 그랬을 거예요."

MS연구회의 소모임 타나토스에서 주홍민과 연지은을 만난 것은 2007년 초, 그녀가 고등학교 1학년 때였다. 타나토스 안에서 그들은 30대 실업자도 아니고 자살 경력 화려한 이혼녀도 아니었으며 생리통보다 심한 우울증을 달고 사는 여고생도 아니었다. 그리고 일 년 후인 2008년 1월의 두 번째 월요일. 서지후의 돌연한 죽음이 아침부터 저녁까지 인터넷 세상을 세 번 정도 들었다 놓았다. 그 파동은 우주처럼 광활한 인터넷 공간 속 가장 어둡고 외진 곳 타나토스 게시판에까지 번졌다.

내가 참 좋아하는 그분이, 오늘 아침에 스스로 삶을 완성하셨군요. 인터넷에는 온종일 그 이야기뿐. 많이 놀랍네요. 그도 나처럼 많이 아팠구나…… 왜 우리는 누군가 떠난 후에야 더욱 가까이 그 사람을 이해하게 되는 것일까. 그에게 어떤 인사를 건네야 할지 아직도 잘 모르겠어요. 안녕. 먼저 가신 곳에서 이제라도 더욱 행복하시길.

별도의 비밀번호가 필요한 소모임 게시판에 그 같은 글이 처음 올라오고, 반응들이 곧바로 이어졌다. 눈물공주님, 서지후를 들으셨군요. 그럼 좀마님도 서지후를? 아, 좀 놀랐는데요. 저도에요. 1집 때부터 완전 반했는데. 세 사람 모두 서지후의 싱글들은 물론 4집 앨범까지를 수록된 곡 순서까지 줄줄 외울 수 있는 팬들이었다. 신청평대교에서 몸을 던지기 전 그러니까 가평 강아래펜션에 모여 앉아 부실한 안주에 소주를 마시던 저녁 시간, 대체로 말이 없던 실내에 내내 떠돌았던 것은 서지후의 카랑카랑 다정한 듯 쓸쓸한 목소리였다.

추모콘서트는 두 시간 가까이 진행되었다. 참여한 가수들이 평소와는 다른 모습으로 무대에 서서 서지후의 작품 가운데 한 곡씩을 책임지는, 더없이 차분하고 얌전한 공연이었다. 그렇게 〈쓰여지지 않는 삶〉이, 〈단 하루도 나는〉이, 〈헤어진 새벽〉이 새로운 편곡으로 선보였다. 여섯 번째 순서. 10대 소년 일곱 명으로 구성된 그레이트 스쿨이 검은 수트 차림

으로 등장해서 〈그대의 날들 가운데〉를 들려주었다. 서지후
의 1집 타이틀곡이 남성 중창으로 불린 것도, 가는 곳마다
소녀 팬들의 함성을 몰고 다니던 그레이트 스쿨의 무대가
그렇게나 얌전한 것도 처음이었다. 성이연은 대체로 조용했
다. 생각에 지친 얼굴. 찬바람 속에 선 사람처럼 두 손을 모
아 코와 입을 가린 채, 숨을 들이쉬고 내쉴 때마다 가만가만
상체를 움직이며, 내내 그렇게 무대를 응시하고만 있다. 세
상 떠난 가수를 생각하는가. 세상 떠난 친구들을 생각하는
가. 지나가 오지 않는 시간들을 생각하는가. 서지후가 떠나
고 정확히 일 년 뒤에 열린 사후 1주기 추모콘서트. 타나토
스 게시판에도 그 이야기가 잠깐 등장했다. 어제 추모공연
이야기 들으셨나요? 거기 못 갔던 게 후회된다고 누군가 말
했다. 2주기 때에는 함께 가보자는 제안도 나왔다. 좋아요.
콘서트는 별로지만, 그런 무대라면 나쁠 거 없겠죠. 그리고
해가 바뀌어 다시 1월 초, 누군가 다시 서지후를 이야기했
다. 우리 이번에는 만나서 얼굴 한번 볼까요? 추모콘서트,
올해는 가야지요. 제발건드리지좀마의 의견이었다. 반대하
는 사람은 없었다. 그러나 흐지부지, 만남은 결국 성사되지
않았다. 현실에서 만나 서로의 현실을 대면할 준비가 아직
은 되어 있지 않기 때문이었다. 청량리 역 롯데리아 앞, 추

모콘서트보다 절실한 목적을 위해 세 사람이 만난 것은 그로부터 십 개월이 지나서였다. 그런 일이 없었더라면, 과연 3주기 행사에는 함께 참석할 수 있었을까? 모르는 일이다. 역사에 가정은 없다. 있다 해도 무의미할 뿐이다. 죽음 역시 그와 다르지 않다. 역시 무의미할 뿐이다.

참여가수들이 모두 나와 손을 흔들며 부르는 앙코르곡을 마지막으로 무대의 조명이 하나 둘 꺼져갔다. 음향장비들이 부지런히 철수되었다. 체조경기장 밖으로 쏟아져 나온 사람들이 찬바람에 몸을 웅크린 채 빠르게 흩어졌다. 밤 10시 30분이 넘은 시간이었다.

"늦었네요. 어떻게 가시나요. 어, 춥네."

"가야죠. 가야지요."

성이연. 여전히 생각에 지친 얼굴.

"고마웠어요. 덕분에 꼭 해야 할 일을 했어요."

"원 푸신 건가요."

"원혼?"

"그런 말이 아니고."

1월 밤의 찻길은 빈 택시를 잡으려는 발길이 분주했다. 서성거리는 사람들. 면도날 같은 바람이 불었다. 여자가 목도리를 추켜올리고 장갑으로 코와 입을 막았다. 추워도 너무 추운 날이었다. 차연이 재촉했다. 어느새 입이 얼어 발음하기가 쉽지 않았다.

"저기요. 어느 쪽으로 가시냐고."

지하철역 근처에 감자탕과 뼈다귀해장국을 24시간 파는 집이 있었다. 24시간 영업을 하지 않는 지하철이 언제쯤 끊길지 확실치 않았다. 여자는 돼지등뼈나 매운 국물에는 손도 대지 않고 술만 마셨다. 길쭉하게 썰어놓은 오이와 홍당무를 씹으며 홀짝홀짝 술만 비웠다. 배가 고프다는 이야기는 말짱 거짓말인가. 천천히 좀 마시지 그래요. 식당 안은 어수선했다. 춥지는 않았지만 그만큼 공기가 눅눅했다. 자신의 빈 잔에 연속으로 술을 채우며 여자가 강조했다. 괜찮아요. 나 소주 잘 마셔요. 두 병 정도는 거뜬해요. 정말이지 예상치 못한 상황의 연속이었다.

"가위 눌려본 적 있나요."

"가위?"

느닷없는 소리였음에도, 차연은 그 순간 알 수 없도록 강렬한 기시감에 철벅 사로잡히고 말았다. 언젠가 이런 적이 있었어. 누군가 지금처럼, 묻지도 않았는데 느닷없이 가위 이야기를 꺼낸 적이. 납작하고 뾰족하고 날카로운 금속 조각으로 만들어진, 손잡이 부분은 파랗거나 빨간 플라스틱으로 된, 색종이나 냉면 면발 또는 머리카락을 자를 때 쓰는 기구에 대해서는 아니고. 그런데 그게 누구지? 아무리 애를 써봐도 그게 언제였는지 누구였는지 어떤 상황이었는지 도통 떠올릴 수가 없었다. 당연하게도 말이다.

"저는요, 일주일해 두세 번은 꼭 그래요."

몇 번째인지 모를 술잔을 냉큼 비운 여자가 크어어, 아저씨 같은 술김을 뱉었다.

"잠자리에 누워서 아, 오늘은 왠지 가위에 눌릴 것 같은데 생각이 들면, 여지없이 그렇게 되곤 하죠. 아침이건 깊은 새벽이건 가리지 않고. 무서워서 잠들기가 싫어질 정도니까."

"뭐가 그렇게 무섭나요."

"정신은 말짱하고 잠은 분명히 깼는데, 아무리 노력해도 손가락 하나 까딱할 수가 없는 거예요. 두꺼운 겨울이불 여러 장에 깔린 것처럼. 보이지 않는 고무줄에 온몸이 친친 묶인 것처럼. 눈은 뜬 것도 같은데 소리 내어 비명을 지를 수도 없고. 갑갑하고 무섭고 왠지 억울하고. 그래서 진땀도 나고 눈물도 나고. 죽음의 맛이 이런 것인가 싶기도 하고."

아까보다 말은 두 배로 늘고 말하는 속도는 반으로 줄어들었다. 제기랄 여자가 취했다. 심야의 식당. 시사토론이 한창인 텔레비전 속 정치인과 교수의 열띤 논쟁들이 서로에게 가닿지 않는 시간. 가스버너 위 감자탕 국물이 바글바글 끓다 못해 한없이 짜지고 있다. 차연이 휴대용 가스레인지의 불을 껐다. 탁. 취한 여자가 당근을 오독오독 씹다가, 못된 아이처럼, 테이블 아래 휴지통에 퉤 뱉어냈다.

"정말로 두려운 건요, 반복된다는 거예요. 낮 시간에도 자꾸만 그 순간을 상상하게 되는 거. 하지만 도망갈 데가 없다는 거. 일부러 굶을 수는 있고 멀쩡한 몸에 자해를 할 수는 있지만, 사람이 잠을 안 자고 살 수는 없잖아요. 밤이 오는 것을 막을 수 있다 해도, 잠이 오는 것을 막을 수는 없잖아요. 아무리 애써도 결국은 다시 그 견디기 힘든 상황을 맞을 수밖에 없는 상황. 그런 꽉 막힌 기분. 상상이 가요?"

"……."

"상상이 가냐고!"

여자를 부축해 식당을 나섰다. 춥고 늦은 밤. 택시를 잡기까지 다행히 오랜 시간이 걸리지 않았다. 뒷자리에 여자를 구겨 넣고 쫓아 들어갔다. 아이쿠 많이 취하셨네, 어디로 모실까요. 택시기사가 심드렁히 물었다. ……이태원이요. 소파 구석자리에 고개를 처박은 여자가 웅얼거렸다. 차연은 그 말을 듣지 못했다. 듣긴 들었지만 무슨 소린지 알 수 없었다. 택시기사는 용케도 알아들은 모양이었다. 이태원이라. 가봅시다.

사람은 죽는다. 누구나 죽는다. 언젠가는 죽는다. 예외는 없다. 이 간단한 진리 밖으로 도망칠 방법 같은 건 어디에도 없음을 진심으로 이해한 것은 초등학교 4학년 2학기였다. 이후로 여자는 여자의 삶에서 평안을 잃었다. 희망과 의욕 같은 어휘들을 송두리째 잃고 잊었다. 대신에 잠들어서도 떨쳐내지 못할 불안을, 소멸과 부조리에 대한 아찔한 불쾌감을 얻었다. 중학교 2학년. 같은 반 부반장이 학교 옥상에서 몸을 던졌다. 단짝친구는 아니었지만 여자에게 새로운 또 다른 세계가 존재하고 있음을 생생하게 일깨워준 사건이었다. 이럴 수도 있구나. 죽음을 내 의지 아래 두고 제어할 수 있는, 이런 방법이. 검은 치마를 입고 죽은 가수를 기리는 공연장에 찾아가는 스물한 살 여자의 성장은 초등학교 4학년 또는 중학교 2학년에서 멈추었다. 그리고 여자의 죽음은 나이가 들수록 깊어만 갔다. 어둔 택시 안. 몹시 취한 여자가 차연의 아랫배와 허벅지 사이에 고개를 처박고는 죽은 듯 움직이지 않았다. 어째서 갈현동이 아니라 이태원이었을까. 이태원 어디를 새로운 행선지로 생각하고 있을까. 거기에 무슨 각별한 추억이라도 있는가. 끝내 그 답을 얻을 수 없었다. 목적지까지 다다르기 전에 택시를 내려야 했기 때문이다. 한남대교를 막 건너던 즈음, 여자가 발작하듯 몸을 일으켰다. 그리고 다급하게 외쳤다.

토! 토할 거 같아!

차연보다 더 질겁한 택시기사가 부리나케 핸들을 꺾었다. 4차선을 한꺼번에 가로지른 택시가 길가에 왈칵 멈춰 섰다. 젖은 이불처럼 무거운 여자가 길바닥에 고꾸라지지 않도록 두 손으로 감싸 안다시피 했다. 흐느적흐느적 가로수를 짚고 선 여자가 주륵 주르륵 적잖은 양을 게워냈다. 잔등을 두드려주고, 손수건으로 입을 닦아주고, 길바닥에 버려진 핸드백을 주워 어깨에 들쳐 멨다. 힘 좀 내요. 이봐요. 걸을 수 있겠어요? 구두. 빨간색 구두가 기억난다. 급기야 여자를 들쳐 업고 걸음을 옮길 때마다, 무릎 부근에서 힘없이 덜렁거리던 빨간 에나멜 부츠. 그리고, 또 무슨 일이?

서지후의 네 번째 앨범이 재생을 멈추었다. 방 안에 고요가 쏟아졌다. 차연이 허, 다급한 숨을 들이마셨다.

잤어.

꿈이 아니다. 상상 속의 장면이 아니다.

맙소사.

그날 밤. 한남동 오거리에서 가장 가까운 모텔이었다. 마지막으로 여자를 만났던 사 년 전 아니 삼 년 전 1월. 과연 그런 일이 있었다. 빌어먹을. 그걸 감쪽같이 잊고 있었어. 어쩜 그렇게 까맣게?

5시 42분.
어느덧 날이 밝을 시간이었다.

14 누군가
곁에 있고
가위에
눌렸을 때

9월 첫날. 태풍이 지나간 하늘은 아침부터 화창했다. 늦더위가 여전했지만 지난여름과는 달랐다. 아침 회의가 10시 10분에 시작되었다. 늘 그렇듯 누군가의 새로운 죽음과 함께. 이틀 연속 새벽잠을 설친 몸이 남의 것을 빌려 입은 듯 버거웠다.

이틀 전 계약한 903번째 의뢰인은 52세 가정주부였고 위로 대상자는 의뢰인의 조카딸이었다. 그녀의 남자친구가 한달 전 불의의 사고로 숨을 거두었다. 14호 태풍 모리아니가 기승이던 무렵이다. 야영객 네 명이 갑자기 쏟아지는 비와 불어난 계곡물 때문에 고립됐다는 신고가 당일 오후 2시 40분에 접수되었다. 사고 지점은 경북 포항시 북구의 모 산장 인근. 119 소방대원이던 남자친구가 대원 셋과 함께 구출 작업에 나섰다. 야영객을 구조하고자 개울을 건너던 그가 불어난 물에 휩쓸리며 실종되고 말았다. 세 시간 뒤, 그로부터 450미터 떨어진 계곡 아래에서 그가 발견되었지만 병원으로 이송하는 도중 숨을 거두었다. 문제라면—죽음은 그 앞의 어떤 것이라도 문제로 만들 수 있다—의뢰인의 가련한 조카딸과 고인이 연인이었다는 점이 아니라 그게 눈물 나도록 극진한 사이였다는 점이다. 의뢰인의 표현을 빌자면 '요새 젊은 사람들 같지 않은' 사랑이었다. 사랑이 컸던 만큼 죽음과 헤어짐의 충격과 아픔이 오죽할 것인가. 그런데 의뢰인이 안쓰러운 것은 조카딸이 감당할 슬픔의 크기가 아니었다. 그와는 조금 다른 부분이었다.

할 소리는 아니지만 애가 좀 이상해졌어요. 정신이 반쯤 나갔다고 할까. '오빠(죽은 남자) 안 죽었어요. 정말이에요 이모. 오늘 아침에도 만났는데요?' 그렇게 말하는 눈빛을 한번 보시면 제가 무슨 소리를 하는지 이해하실 거예요. 죽은 사람한테 홀리는 거, 그런 일이 요새 세상에도 있나요? 아이고, 어린 게 딱하기도 하지.

회의실 귀퉁이에 비몽사몽 버티고 앉아 있지만 머릿속은

수천 마리의 모기떼들이 죽자고 앵앵거리는 중이었다. 어쩔 것인가. 상황은 어제와 꼭 같았다. 다만 하루가 더 지나 있을 뿐이다. 9월이고 1일이었다. '2일 새벽 6시'가 채 하루도 남지 않았다. 예정된 방향과 순서 따라 시시각각 엄습하는 재앙의 느낌. 그게 자기 자신의 일인 것처럼 참담했다. 그러고 보니 회의실에 있는 사람들 모두 알 만한 누군가로 인해 그 기억으로 인해 남몰래 괴롭고 불편했다. 선택의 문 따위는 애초에 없었다. 성이연을 찾을 수 있을까. 늦기 전에. 모든 것이 끝나기 전에.

11시 40분. 회의 막 끝나가던 무렵이다. 탁자 위의 전화기가 위잉, 몸을 떨었다. 낯선 번호였다.

—……형사님 되시죠.

청년과 소년 사이에서 머뭇거리는 목소리. 성이연의 동생이었다. 벌떡 일어나 회의실 밖으로 뛰쳐나왔다.

—저기, 뭐가 좀 이상해서요.

"뭐가 이상해?"

이십 분 전, 3교시 수업시간 중이었다. 문자가 왔다. 누나였다. 어제도 그제도 집에 안 들어온 누나가, 오늘은 웬일로 이 시간에 문자를 보냈다. 수업시간인 줄 알 텐데. 일주일이면 서너 통 주고받는 누나와의 핸드폰 문자 내용은 늘 거기서 거기, 집에 올 때 안성탕면이랑 콜라 좀, 의 수준이었다. 문자 내용은 이랬다.

―너 지금 어디니.

무슨 소리인가 싶었다. 이 시간에 교실 아니라 연신내 피시방에라도 가 있을까봐?

―학교. 누나는?

―집이야. 오늘 회사 안 나갔어.

그렇지. 있어야 할 시간에 있어야 할 곳에 있지 않는 건, 아무래도 나보다야 누나와 더 어울리는 일이지. 이상한 문자가 재차 이어졌다.

―딴 생각 말고 열심히 해. 너 하고 싶은 거. 공부하고 싶으면 공부하고. 자기 인생 자기가 사는 거 알지?

이상했다. 평소와 달랐다. 인생이라니. 이렇게나 길고 진지한 데다 오타 하나 없이 깔끔한 문자라니. 그때 갑자기 떠오르는 얼굴이 있었다. 어제 집으로 찾아왔던, 무뚝뚝한 데다 어딘지 어수룩하게 보이던 형사. 뭔가 수상해. 수업 끝나길 기다려 지체 없이 전화를 걸었다. 누나에게가 아니라 바로 그에게.

"그럼 누나, 지금 집에 있을까?"

―잘 모르겠어요. 그런 거 같아요.

"누나에게 혹시 내 이야기 했니? 어제 누가 찾아왔었다는."

— 아뇨.

"잘 했다. 어쨌거나 잘 했다."

수화기 저편, 왁자지껄 교실이 허물어져라 떠드는 목소리들.

"걱정 말고 수업 열심히 들어. 나쁜 일 없을 거야."

— 나쁜 일? 그게 뭔데요?

"아무 일 없을 거라니까."

슬그머니 사무실을 빠져나왔다. 근처 편의점에 담배라도 사러 나가는 양. 어제는 897번째 의뢰인 K씨를 만나러 천안에 내려간다고 거짓말을 했다. 덕분에 오후 한나절을 마음껏 농땡이 칠 수 있었다. 오늘은 그런 구실도 마땅치 않다. 주차장으로 달려가 차에 올라탔다. 액셀러레이터를 바닥까지 밟았다.

마포에서 갈현동 고갯길, 놀이터 근처 비좁은 공간에 차를 세우기까지 채 삼십 분이 걸리지 않았다. 부랴부랴 현관에 들어서서 3층까지 쉬지 않고 계단을 타 올랐다. 302호 현관. 하나님은 당신을 사랑하십니다. 주님교회.

띵동.

대꾸가 없다.

띵동. 띵동.

문 가까이 귀를 가져간다. 아무 기척도 들리지 않는다. 잠들었나? 그새 집을 비웠나? 현관문을 두드렸다. 세차게 두드렸다. 쿵쿵. 쿵쿵쿵.

"계세요? 성이연 씨! 성이연 씨!"

어제도 그랬던 것 같은데, 복도 어딘가에서 묘한 악취가 슬금슬금 코를 찌르고 있다. 개 오줌 냄새 같기도 하고 오랫동안 감지 않은 노숙자의 더벅머리 냄새 같기도 하다. 계단 어딘가에 개나 노숙자가 쓰러져 있는지도 모른다.

"누구세요?"

등 뒤를 돌아봤다. 작은 키의 아주머니다. 양손에 검은 비닐봉투를 들고 계단을 막 올라오는 중이다. 힘이 빠졌다.

"302호 사는 분 좀 찾아왔습니다. 혹시 아시나요? 남동생이랑 함께 사는."

"알지요 그 처녀. 그런데."

마지막 계단 위로 한 발을 올려놓는다.

"그 집에, 지금 아무도 없을 텐데."

"확실해요?"

"남자 학생은 학교 갔고, 아가씨는 방금 전에 나가는 거 같더라고. 아실지 모르겠지만 그 집에 두 식구뿐이라서."

"방금 전이라면."

"한 십여 분 되었나. 요 앞에 가게 가다가 만났는데. 누구세요?"

"혼자였나요? 옷차림은 어땠나요."

"혼자……였지요 아마. 옷차림이야 뭐 평범하고. 커다란 가방을 메고 있던데. 그런데 실례지만 어디서 나오셨어?"

빌어먹을 한 발 늦었구나. 구르듯 계단을 타 내려갔다. 현관 밖으로 뛰쳐나와, 차를 몰고 갈까 잠깐 고민하다가, 갈현동 언덕길을 향해 힘차게 뛰었다. 덥고 햇살 강렬한 날이었다.

길이 엇갈렸는가. 십 분 전이라면, 저 아래 연신내 찻길에서 유턴 신호를 기다리고 있을 무렵이다. 커다란 가방을 어깨에 멘 여자가 그때쯤 현관문을 잠그고 연립주택을 나섰다. 남동생에게 마지막 문자를 보내고 오십여 분만에 말이다. 확실치는 않지만 대략 그쯤의 일들이 있었을 것이다. 지금은 어떠한가. 가능성은 아직 열려 있다. 문제라면 너무 빨리 너무 넓게 확장되고 있다는 점이다. 그렇다면 무모한가?

비탈은 고꾸라질 듯 가팔랐다. 아스팔트 바닥을 타닥타닥 때리는 구둣발 소리가 가련하도록 다급하게 이어졌다. 지나가는 이들이 요란한 소리를 좇아 차연의 뒷모습을 기웃거렸다. 작렬하는 오후 햇살. 마트와 세탁소를 지나고 미용실과 부동산을 지났다. 도돌이음악학원 간판 앞의 피아노 소리를 지나, 마을버스 정류장을 지나, 초등학교 교문과 길게 이어지는 초등학교 담벼락을 따라 계속 달렸다. 오며 가며 마주치는 사람은 많았지만 여자를 닮은 뒷모습조차 찾기 힘들었다. 독서실과 영어 학원을 지나자 더 큰 사거리가 나왔다. 가빠진 숨을 고르며 사방을 다시 둘러보았다. 사람 사람들. 그러나 여자는 없었다. 어디 갔을까. 어디로 갔을까. '십 분 전'은 자꾸만 멀어지고 시간과 거리의 폭은 빠르게 확장되고 있다.

전화기를 꺼내들고 최근 통화목록을 열고 익숙해진 번호를 찾았다. 어김없는 컬러링 음악소리가 쏟아진다. 이제는 듣기 괴로워진 노래 한 소절.

내가 갑자기 가슴이 아픈 건
그대 내 생각 하고 계신 거죠
흐리던 하늘이 비라도 나리는 날
지나간 시간 거슬러 차라리 오세요

어디선가 전화벨 소리가 시작되었다. 차연이 서 있는 곳에서 멀지 않은 어디쯤이다. 저편 약국 앞을 걷던 누군가, 가던 걸음을 스르르 멈춘다. 어깨에 멘 가방을 뒤져 핸드폰을 꺼낸다. 낯선 번호를 한참 들여다본다. 어제부터 계속 걸려오는 번호. 도대체 누굴까. 궁리해보지만 떠오르는 사람은 없다. 그러는 사이 벨소리가 끊긴다. 부재중 전화가 한 통 있습니다. 핸드폰을 집어넣은 성이연이 다시 유유히 걸음을 재촉한다. 머릿속에 그런 장면이 선명하게 그려진다. 빌어먹을. 잔등에 주르륵 땀 한 줄기가 흘러내렸다.

　연신내 삼거리. 마침 점심시간이었다. 인근의 직장인들이 모두 몰려나왔는지 번잡하기가 이를 데 없다. 사람 참 많구나. 징그럽게 많구나. 그러니 어떻게 기억하겠어. 일주일 전도 아니고, 몇 년이나 지난 일을. 세상에 사람이 이렇게나 많은데. 살면서 이렇게나 많은 사람들을 만나고 또 만났을 텐데. 스쳐가듯 만나고 스쳐가듯 술 마시고 스쳐가듯 섹스하고 스쳐가듯 헤어진 사람이 한두 명도 아니고.

　여자는 지금 어디 있을까. 어디서 무엇을 하고 있기에 전화벨이 울리는 것조차 까맣게 놓치고 있을까. 아무 소득 없이 연신내 거리에서 돌아서야 했다. 왔던 길을 거슬러 올라가는 발걸음이 삽시간에 무거워졌다. 9월 햇볕이 7월처럼 강렬하다. 석광사 꼭대기까지는 멀고 멀었다. 아침에 이어 점심까지 거르고 있지만 배는 고프지 않았다. 과음한 다음날처럼 토할 듯 속이 울렁거렸다.

기진맥진 놀이터 앞 공터로 돌아왔다. 차 세워둔 곳으로
간 차연이 아 씨발, 투덜거렸다. 전면 차창의 4만 원짜리 불
법주차스티커. 어제 마포에 이에 두 번째다. 빌어먹을. 줄기
차게 내 뒤만 쫓아다니는 변태 주차단속요원이 도대체 누구
란 말인가.

찜통이 된 차 안에 들어가 의자 등받이를 젖히고 벌렁 드
러누웠다. 에어컨을 최대한 올렸지만 숨 끝이 턱턱 막혔다.
눈을 감자 머릿속이 빙글빙글 돌았다. 이틀 밤을 설친 탓이
다. 공터에서 아이들 웃음소리가 들려오고 있다. 내일 새벽
여섯 시까지 시간이 얼마나 남았을까. 억울했다. 상황에 맞
는 단어는 아니지만, 왠지 억울하다는 생각이 들었다. 주머
니에서 사진을 꺼냈다. 화창한 봄날, 활짝 만개한 벚나무 아
래의 세 가족.

취했던가? 모르겠다. 여자만큼은 아니지만 차연도 적지
않은 술을 마셨다. 죽도록 추운 1월이었고 밤 깊은 시간이
었다. 몸을 못 가눌 만큼 취한 여자를 얼어붙은 거리에 버
려두고 갈 수는 없었다. 모텔에 들어가 옷을 벗기고 몸을
섞어야 할 이유 역시 없었지만. 방 안은 추위에 움츠러들었
던 몸이 삽시간에 녹아내릴 만큼 훈훈했다. 여자는 거부하
지 않았다. 그 반대에 가까웠다. 그런 것 같다. 그렇다면 차

연은? 기억이 확실치 않다. 초점 흐린 장면들이 희번하게 떠올랐다가 사라져간다. 부담스럽도록 은은하던 스탠드 불빛. 티슈 갑에 새겨진 다방 전화번호들. 삐걱거리는 소리가 유난하던 침대 쿠션. 피차 처음인데다 무척 취했음에도, 섹스가 흐지부지 흐트러지지 않았던 점이 다행이라면 다행이었다.

어떤 상황에서 가위에 눌리는 게 가장 괴롭고 답답한지, 혹시 아시나요.

길지 않은 순간이 끝나고, 침대에 똑바로 누운 여자가 천장을 향해 중얼거렸다. 이제야 비로소 이런 말을 할 수 있게 되었다는 듯.

글쎄요, 소변 급할 때?

아뇨.

모기에 발가락 물렸을 때?

아니고.

어느새 술이 깼는가. 지치고 메마른 목소리.

누군가 곁에 있을 때.

누군가 곁에?

새벽 2시가 넘었을 것이다. 옆방에서 여자 웃음소리가 꿈결처럼 들려왔다.

깨워줄 사람이 바로 옆에 누워 있지만 나 좀 깨워달라는 부탁은커녕 어어, 소리조차 입 밖으로 낼 수 없는 거죠. 이렇게 답답하고 무서워서 죽을 것 같은데, 어깨 한 번만 툭 쳐주면 이 상황에서 쉽게 벗어날 수 있을 것만 같은데, 옆 사람은 아무런 눈치도 채지 못하고, 오히려 내가 잠에서 깰까봐 조심조심 책장을 넘기는.

누운 채 손을 뻗어 에어컨을 줄였다. 차 안에 진동하던 바람 소리가 일제히 잦아든다. 남은 시간이 많지 않다. 할 수 있는 일 역시 그다지 없었다. 빌어먹을. 하지만 어때. 그게 뭐 어때. 매일 누군가 죽고 또 죽는데. 누구나 언젠가는 죽기 마련인데. 한평생 죽음을 궁리하는 사람도 영원히 죽지 않을 것처럼 살아가는 사람도 언젠가는 죽는 법인데. 그런 일이 벌어지지 않는 날은 세상에 단 하루도 없는데. 핸드폰이 울고 있다. 사진을 집어넣고 전화기를 들여다본다. 사무실 번호가 찍혀 있다. 이크, 큰일이다. 꼬리가 길면 이렇게 밟힌다.

ㅡ너 지금 어디야.

나지막한 목소리. 무영이다. 화가 잔뜩 나 있다.

ㅡ어디냐고 인마.

"그냥, 요 앞에 잠깐 나왔어요."

―미쳤어?

댓바람에 목소리가 커진다.

―도대체 요즘 뭐하고 다니는 거야! 너, 어제 천안 다녀 왔다는 것도 거짓말이지?

뭐라 둘러댈 말도, 그러고 싶은 마음도 없었다.

"아 씨, 나도 몰라요."

―얼씨구.

그래서 도리어 퉁명을 부렸다. 될 대로 되라 싶은 심정이었다.

―도대체 무슨 짓을 하고 다니는 건데? 지금 어디야!

"나도 모르겠다고요. 여기가 어딘지. 도대체 뭐가 어떻게 돌아가는지."

―여보세요.

"애도라니. 위로라니. 빌어먹을."

―……너, 술 먹었어?

"가능해요? 그게 가능하냐고. 예?"

15   거절
                못할
                제안

오후 3시. 그럴 시간이 아닌데 강변북로가 막혔다. 심하게 막혔다. 이십 분 가까이 가다 서다 반복하며 양화대교 부근에 다다랐다. 역시나 사고가 났었다. 범퍼 오른편이 심하게 찌그러진 승합차가 제일 먼저 눈에 들어왔다. 길가에 늘어선 레커차와 경찰차가 사고 수습에 한창이었다. 그 지점을 지나자 길은 다시 속도를 내기 시작했다. 그새 사무실에서 네 차례나 전화가 걸려왔지만 받지 않았다. 면목이 없을뿐더러 전화에 대고 할 이야기가 없었다. 이야기할 게 있대도 전화로는 어림없는 내용이었다. 무영과 은원이 십 분 간격으로 문자메시지를 보냈지만 확인조차 하지 않았다. 전화기를 아예 꺼놓을 수 없는 상황이 한스러웠다. 잔잔하게 반짝이는 강 물살을 따라 마포대교를 지나쳤다.

신림동 난우초등학교. 학교 앞 슈퍼마켓 삼거리에서 오른편 골목. 네 번째 건물 주차장에 차를 세웠다. 오후의 주택가는 한적했다. 신림 스타빌. 마지막으로 이 동네를 찾은 게 사흘 전 늦은 밤이다. 그게 삼 년 전 일처럼 까마득하다. 놀랍도록 많은 일들이 그새 있었다. 그렇지 않았던들, 연일 새벽잠을 설쳐 마분지처럼 까칠해진 얼굴로 다시 이곳에 찾아올 일 따위는 없었을 것이다.

303호. 현관문 앞에 서서 한 차례 숨을 들이마셨다. 너무 늦은 일인지 모른다. 이 길이 아닌지도 모른다. 어쨌거나 돌아갈 방법은 이제 없다. 초인종을 누를까, 잠깐 고민하다가 도어락을 열고 비밀번호를 시팔시팔 눌렀다. 차라락.

현관문을 열고 들어섰을 때 원형은 화장실에서 막 나오는 중이었다. 하얀 가운을 두르고. 젖은 수건으로 젖은 머리를 문지르며.

"왔어요?"

"왔지요."

"이제는 아주 자기 집 드나들 듯 하시네."

그다지 놀란 기색이 아니다. 갈현동에서 떠나며 전화 통화를 한 게 사십여 분 전. 집에 있다는 이야기는 들었지만 찾아간다는 이야기는 하지 않았다. 하고 싶은 말을 죄다 늘어놓을 겨를이 없었다. 있다 해도 전화로는 역시 어림없는 노릇이었다.

"말을 하지 그랬어요. 올 거면."

"말을 하면?"

"오지 말라고 했을 텐데."

"그럴까봐 말 안 했지요."

책상 앞에 서서 몇 종류의 화장품을 얼굴에 펴 바른다. 쉭쉭 소리가 날 만큼 빠르고 경쾌한 손동작이다. 모니터와 스피커 사이, 어김없이 그 자리를 지키고 있는 물건이 있다. 회색 물방울무늬의 분홍 종이상자. 차연이 그로부터 참담히 시선을 돌렸다.

"그런데 웬일이에요. 이 시간에."

"땡땡이치는 중이죠."

"자유로운 영혼이시네."

"그랬으면 좋겠네요."

"무슨 일 있는 건가요."

"일은요. 그냥. 원형 보고 싶어서."

"잠깐 고개 좀 돌려봐요."

"고개를 왜."

걸치고 있던 가운을 훌러덩 벗는다. 그 안에 아무것도 입은 것이 없다. 막 샤워를 마쳤는가 하얗게 거뭇하게 볼록하게 드러난 속살. 이어 침대 모서리에 내놓은 새 팬티와 청바지를 빠른 속도로 꿰어 입는다.

"그게 보고 싶다는 소리는 아니었는데."

"어쩌나. 나 지금 나가야해요."

"정말?"

"정말. 그러게 제대로 말을 할 것이지."

"어딜 가는데요."

"그건 몰라도 되고."

브래지어를 차고, 티셔츠를 꿰입고, 머리를 매만지고, 입술에 뭔가를 옅게 바른다. 바르며 중얼거린다.

"말해 봐요 솔직히."

"뭘."

"무슨 일인데요. 무슨 일이 있기에 이 시간에 갑자기."

"원형 보러 왔다니까."

"대책 없는 분이네. 그러다 내가 가고 없으면 어쩔 뻔했나요."

향긋한 화장품 냄새가 코끝을 솔솔 간질였다. 샴푸 냄새인가?

"원형은 어딜 가는데 그렇게 바쁘나요. 네일숍 가는 거 같지는 않고."

"그게 왜 궁금한데요."

"내가 원래, 원형에 대해서 궁금한 게 좀 많잖아."

천 가방을 어깨에 메고 상아색 가을코트를 집어든 원형이 차연을 향해 돌아섰다.

"나가야 해요."

원룸에 들어선 지 고작 십 분 만이다. 아닌 게 아니라 자 칫하면 원형을 만나지도 못할 뻔했다. 십 분 차이로 길이 어 긋난 갈현동에서처럼.

"……어서요. 나 늦었다니까요."

현관 앞. 가방을 멘 초등학생이 골목길을 걸었다. 친구와 싸웠는지 선생님에게 야단을 맞았는지 고개를 푹 숙인 채 터덜터덜. 초등학생이 떠나간 길 위로 청색 모자를 쓴 사내 가 나타났다. 자전거를 끌며 왼편 길로 어슬렁어슬렁 사라 져갔다. 삑삑. 주차장 구석 원형의 아반떼가 짧게 울었다.

"정말 갈 건가요. 나를 두고."

"어쩔 수 없네요. 말도 없이 불쑥 찾아온 사람이 잘못이지."

"엉엉."

"그거 울음소리에요?"

"예."

"미안해요 나중에 봐요. 내가 전화할 게요."

"잠깐."

"또 왜요."

"원형에게 제안할 게 있어요. 절대 거절 못할 제안이죠."

"차연이 대부라도 되나요."

두근두근, 새삼 가슴 뛰었다.

"같이 가요. 나랑 같이."

"······."

"절대 귀찮게 안 굴게요. 약속해요. 죽은 사람처럼 얌전히 있을 게요."

원형이 한숨을 쉬었다. 짜증이 난 얼굴은 아니다.

"정말 알 수가 없네. 갑자기 찾아와서 왜 이러는 건지."

"같이 가요. 나 좀 데리고 가줘요. 그뿐이에요."

"내가 가는 데가 어딘지, 알고는 있어요?"

"모르지요. 알면 혼자 찾아갔겠지요. 그래서 헤매다 못해 원형을 찾아온 거잖아요."

"이거 보세요."

"그 사람들 만나러 가는 거 아닌가요? 며칠 전에 만난 사람들. 자살 모임 사람들."

"아아."

원형이 눈을 감았다.

"이제 좀 알 것 같네. 아아아."

지긋이 눈감은 채 절레절레 고개를 흔든다. 두통약 모델처럼. 철이에게 자신의 숨은 정체를 들키고 만 여전사 메텔처럼.

"알겠어요. 갑자기 내 앞에 나타나서 이러는 이유가 뭔지. 그새 무슨 일이 있었는지. 지금 무슨 생각을 하는 건지. 그랬구나. 그랬던 거구나. 어쩐지."

"……어쩐지 뭐요."

현관문이 열리고 누군가 나타났다. 커다란 헤드폰을 목에 건 청년이다. 양손에 거머쥔 핸드폰을 들여다보며 엄지손가락으로 연신 화면을 두드리며 차연과 원형 곁을 지나친다. 골목 오른편으로 성큼성큼 사라진다.

"잔뜩 겁먹은 얼굴이더라니. 강아지처럼."

"겁먹은 적 없어요. 잠을 좀 설쳤을 뿐이지."

"미안해요. 놀랐다면 정말 미안해요. 차연에게 숨길 마음 없었어요. 상황 봐서 꼭 이야기하려고 했어요."

"알아요 그건. 그랬으니 Face에 나를 데려갔겠지요."

"알아주니 고맙군요. ……결국은 일이 이렇게 어긋나고 말았지만."

"어쩔 수 없잖아요. 원형 책임도 아니고."

"……"

"같이 가요. 그 대신에."

"아이고."

길고 선명한 한숨을 내뱉는다. 스타빌 건물이 무너져 내리도록.

"미안하지만 그건 곤란해요."

"어째서요."

"내게 허락된 일이 아니거든요. 모임에 관한 한."

"……"

"이미 늦었어요. 이틀 전 페이스에서의 저녁 시간이 마지막이었다고요. 그분이 끝내 변덕을 부려 사람들 앞에 나타나지 않았던 사실을, 그 의미를, 우리는 충분히 존중해줄 필요가 있어요."

"이미 늦었다니, 누군가 죽기라도 했단 말인가요."

"누군가 죽는다…… 그런 일이 일어나지 않는 날도 있나요?"

"맙소사."

"어떻게 생각하건 상관없어요. 이해를 구할 마음도 없어요. 하지만, 나 정말 가야 해요. 장난 아니라고요."

"알아요."

원형의 가는 길을 막고 서서 두 팔을 넓게 벌렸다.

"나도 장난 아닙니다. 아주 심각하지요."

"부탁이에요. 나 좀 보내줘요. 이렇게 사정할게요."

"그렇게는 못하겠군요."

"이러지 말아요. 이래서는 안 돼요. 즉흥적인 감정을 앞세워서 될 일이 아니에요. 한 사람의 삶이 달린 문제라고요."

"삶이라. 맞아요. 안다니까요."

"아뇨. 차연은 몰라요. 아직 몰라요."

"이 상황에서 내가 모르는 게 더 있다면 그게 무엇인지 알고 싶지도 않군요. 성이연 씨 한 번만 만나게 해줘요. 그뿐이에요. 강제로 뭘 어떻게 할, 그럴 마음 요만큼도 없어요. 얼굴 한 번만 보면 돼요. 어려운 일인가요?"

"내게 허락된 일이 아니라니까 그러시네."

"이러지 마요 원형. 광신도 같잖아요."

"차연이 더 광신도 같아요. 뭐가 그렇게 절박한 건데요?"

"내일 새벽에 자살하려는 사람을, 빌어먹을, 늦기 전에 한 번 만나보려는 것뿐이라고요."

"만나서 뭐라고 할 건가요? 잘 죽으라고? 죽지 말라고?"

꽥 소리친다. 두 팔을 쳐들고 선 차연이 찔끔했다.

"그 말을 어째서 차연이 해야 하나요? 차연에게 그런 말을 할 자격이 있나요?"

"……."

"누구나 자기 삶의 운명을 결정할 권리가 있어요. 죽은 이를 애도하고 남은 사람들의 슬픔을 위로한다는 분이 그 정도도 모르나요?"

허수아비처럼 벌리고 선 팔을 밀친 원형이 저편 아반떼로 또각또각 멀어졌다. 운전석 문이 세차게 닫힌다. 부르릉, 시동이 걸렸다. 이것저것 따지고 잴 틈이 없었다. 재빨리 조수석에 올라탔다. 원형이 다시 울상이 되었다.

"뭐하는 거예요?"

대답 대신 안전벨트를 맸다.

"내려요. 빨리."

"쫓아낼 수 있으면 그렇게 해요. 난 꼼짝도 하지 않을 테니까."

핸들 위에 덜컥 머리를 묻는다. 아이고 미치겠네, 중얼거린다.

"그래요. 이해할 수 있어요. 한참 어렵던 시기에 그 인연으로 알게 되어, 업무상이라지만 여러모로 보살펴주고 챙겨주었던 사람인데, 오랜만에 다시 접하는 소식이 이런 고약한 종류라면."

"제 두 번째 의뢰인이었어요."

"마음이 안 좋겠죠. 도와주고 싶겠죠. 몰랐다면 몰라도, 알게 된 이상 어떻게든 나서지 않을 수 없겠지요. 누군들 안 그러겠어요. 물에 빠진 사람이 있으면 일단 구하고 봐야지."

"……."

"하지만 자살 희망자들은 물에 빠진 사람과 달라요. 살려달라고 허우적대지 않죠. 물속이나 물 밖이나 다를 게 없으니까."

"……."

"이해가 부족한 선의가 때로는 나 아닌 다른 사람을 더욱 힘들게 만들어요. 대부분의 사람들이 그걸 잘 모르고 있어 문제지만."

"……."

"부탁할게요. 차연, 내 얼굴 좀 봐요."

"……."

"빨리 내려줘요. 가야한다고요. 제발."

거듭 말줄임표만 뱉어내던 차연이, 슬그머니 고개를 쳐들었다. 그리고 자신 없이 중얼거렸다.

"생각해보니까 나, 그 여자랑 잤어요."

16   열 명 중에서
      한 명,
      백 명 중에서
      한두 명

퇴근시간을 앞두고 길은 가닿는 방향마다 제대로 막혔다.
신당동에서 서초 IC까지 진입하는 데만 오십여 분. 아까 강
변북로에서 잠깐 정체되던 상황은 댈 것도 아니었다. 경부
고속도로 들어와서도 사정은 여전했다 아니 더했다. 양재동
까지도 그랬고 양재동 지나 판교까지도 시원하게 빠져나갈
틈이 좀처럼 나지 않았다.

"아 쓰, 장난 아니네."

애가 타는지 원형이 핸들을 통통 두드렸다. 주차장에서
옥신각신 시간을 허비하지 않았다면 지금쯤 오산 지나 안성
까지 갔을 텐데, 라고 힐난하는 것 같았다. 차연은 내내 아무

말 못하고 고개 돌려 창밖만 바라보았다. 하늘채. 하늘채. 중얼거리면서. 충청북도 음성군 동음 2리 산자락 초입의 황토명상마을. 나무와 황토로 만들어진 열세 동의 황토집 가운데 한 곳이 하늘채였다. 그 이름을 딴 하늘회 회원들이 오늘밤 그곳에서 모임을 갖는다. 전국 각지에서 음성을 향해 모여드는, 스무 명 남짓한 회원들에 대해 막연히 상상해본다.

신갈 지나 마성 즈음부터 정체가 완전히 풀렸다. 화난 아반떼가 시속 120킬로미터 넘게 질주했다. 소리 죽인 내비게이션이 시종 깜빡거리며 전방에 교통정보 수집 장치가 있음을 경고했다. 해 지는 시간이 매일 일이 분씩 빨라지는 계절이다. 고속도로는 어느새 어두워졌고 상행 차선으로 이따금 강렬한 불빛들이 번뜩이며 다가왔다가 스쳐 지나쳐갔다.

"애위사는 원래 그래요?"

천안 당진 고속도로로 갈아타던 즈음, 원형이 대뜸 말했다. 시선은 여전히 차창 전면에 고정한 채로.

"……뭐가요."

"새로운 의뢰인이 찾아오면, 일단은 같이 자고 보는 거냐고."

"아직도 그 소리인가요."

"궁금하잖아. 그럼 의뢰인이 남자일 때는 어떻게 하나요?

여자 의뢰인과 똑같은 방법으로 위로해주나?"

"그렇지 않아요. 어쩌다 그렇게 되었을 뿐이라고요. 개인적으로."

"어쩌다 그렇게? 개인적으로? 대단하시네."

고속도로의 저녁 시간이 창밖으로 빠르게 멀어져 가고 있다.

"더 해봐요. 말 난 김에 더. 또 누가 있었나요. 슬픔을 위로해주고자 같이 잔 여자들. 한 오십 명 되나요? 백 명?"

"그만합시다."

음성IC에서 빠져나와 이십 분 넘게 달렸다. 그렇다면 목적지가 멀지 않았을 것이다. 갈수록 길은 외지고 인적 드물고 험해진다. 어둑한 벌판에 나 홀로 불 밝힌 병원 건물을 지났다. 저수지 간판을 지나고 민물매운탕 식당의 한적한 주차장 앞을 지났다. 인적 없는 농원과 마을회관을 지났다. 8시 40분. 새벽보다 더한 지방도로변의 고요. 오가는 차량 한 대 마주치기가 힘들었다.

"다 온 건가?"

"거의요."

산길 초입에 들어, 길이 심하게 굽이친다. 울퉁불퉁 비포장도로를 달리는 아반떼가 허공에 이리저리 상향등 불빛을 난사한다. 그러기를 십 분여. 어둔 산중의 더욱 어두운 숲 그림자 속에 차가 멈추었다. 시동을 끈 원형이 시트에 덜컥 뒷머리를 눕혔다. 그리고는 한숨처럼 중얼거린다. 여기에요.

산비탈을 깎아 만든 마을. 비슷비슷한 크기와 모양의 황토집들이 비탈진 마당 주변에 여러 채 흩어져 있다. 달빛 흐릿한 밤이었지만 곳곳에 가로등이 켜져 사위를 충분히 식별할 수 있었다. 왠지 휑하고 쓸쓸한 느낌이 드는 것은, 철 지난 유원지의 놀이공원처럼, 거의 모든 황토집들이 불이 꺼진 채 비어 있기 때문이었다. 황토집 짓기 강의를 듣기 위해, 귀농 수업을 받거나 산야초 효소 담그는 법을 배우기 위해, 기 수련 명상 체험을 위해, 아토피클리닉 프로그램에 참여하기 위해 도시 사람들이 마을을 찾는 것은 거의 대부분 주말이었다. 저편 언덕, 그곳에서라면 황토집 마을이 한눈에 내려다보일 만한 위치에 훤히 불 밝힌 집 한 채가 있다. 실은 마을에 들어설 때부터 자연스럽게 시야를 사로잡았던 곳이다. 그곳까지 다다르기 위해, 자갈 깔린 통나무계단을 밟아 올라갔다. 하나. 둘. 셋. 넷. 걸음 따라 헤아린 숫자가 일흔아홉에서 멈추었다.

좌측에 산비탈을 끼고 나붓하게 자리 잡은 건물. 며칠 전이던가 오후 내내 비가 흩뿌리고 술 취한 차연이 낯선 동네를 헤매며 끊임없이 전화를 걸고 문자메시지를 보내던 날, 여행

가방 깊숙이 배터리 나간 핸드폰을 쑤셔 넣은 원형이 1박2일을 머문 곳이다. 하늘채. 앞마당은 휑하다. 드럼통과 속 빈 화분, 빗자루와 삽과 곡괭이 등이 세워진 구석 자리. 쇠줄에 묶인 채 납작 웅크리고 있던 잡종 진돗개가 인기척에 고개를 쳐들었다가, 다시 게으르게 얼굴을 묻는다. 출입문은 반쯤 열려 있다. 그 틈으로 가지런히 정돈된 신발들이 눈에 들어왔다. 사람들이 말소리들이 자분자분 이어지는 중이다. 원형이 속삭였다.

"무섭지 않나요."

가련하도록 조심스러운 목소리로.

"글쎄요. 원형은 어떤가요."

"어떨 것 같은데요? 아오 미치겠네."

그 조심스러운 목소리로 기어들어가듯 종알종알 타박을 늘어놓는다.

"내가 잠깐 정신이 어떻게 된 모양이네. 도대체 지금 무슨 짓을 하고 있는 건지 알아요? 이게 얼마나 어처구니없는 상황인지 이해 되냐고요."

"진정해요."

"부디 알아줬으면 좋겠어요. 지금 내가 할 수 있는, 가장 엄청난 모험을 시도하고 있다는 거. 하지만 장담 못해요. 이후로 어떤 일이 벌어질지. 차연이 원해서 벌인 일이 차연에게, 차연과 나와 그 밖의 사람들에게 어떤 원치 않은 결과를 가져올지."

"고마워요. 내가 잘 할게요. 누구도 후회하지 않도록."

"말은 좋네. 무엇에 대한 후회인지, 알고는 있어요?"

"글쎄요. 어쨌거나 믿어보세요."

산 공기가 뜻밖에 차갑다. 그 속에 묵직한 두엄 냄새가 섞여 있다. 반쯤 열린 문 안쪽을 기웃기웃 살피던 원형이 다시 한숨을 뱉어냈다.

"······미치겠네 정말."

황토와 통나무로 만들어진 집 안. 마루에는 회청색 카펫이 깔렸고 카펫 위에는 십여 개의 앉은뱅이책상과 좌식등받이의자들이 전면의 대형텔레비전과 화이트보드를 향해 나란히 정렬해 있다. 벽면에는 유리 항아리가, 이백 개는 넘을 유리 항아리들이 빼곡하게 놓여 마루를 거의 한 바퀴 돌았다. 각각의 항아리 안에는 자연에서 난 온갖 재료들이 색깔진한 액체 속에 잠들어 있다. 효소 발효를 도울 설탕물이거나 잘 익어가는 담금주일 것이다. 솔방울도 담겨 있고 칡뿌리도 담겨 있으며 물 빠진 오디도 담겨 있다. 정력에 좋다는 뱀도 중풍에 좋다는 가재도 눈에 띈다. 어딘가에 곤줄박이나 다람쥐 한 쌍이 수장되어 있는 것 아닐까. 현관 오른편은 넓은 통유리창인데, 지금은 캄캄 어둠뿐 불빛 한 점 보이지 않는다. 해 있을 때라면 산 아래 마을 풍경이 한 눈에 내려다보일 터였다. 창가에 7인용 가죽소파와 다탁이 놓였고, 그 풍경을 지나면 2층으로 연결되는 나무 계단이 시작된다. 벽돌색 셔츠를 입은 장발의 사내가 지금 두툼한 책 몇 권을 가슴에 안고 그 계단을 밟아 올라가는 중이다.

현관에 선 차연이 집 안으로 들어서는 원형을 지켜보았다.

현관에 선 차연은 집 안이지만 여전히 집 밖 사람이었다.

7인용 가죽소파에 사람들이 여럿 앉아 있다. 거대한 나무 뿌리를 잘라 만든 다탁 위에 검은 와인 병과 유리잔들이 보인다. 원형이 그들 앞에 총총 다가갔다. 소파에 앉은 이들이 아는 체를 한다. 짧은 대화가 오가는 분위기. 소파에 앉은 이들이 고개를 끄덕이고, 그러다가 이편 현관을 힐끔 쳐다보고, 다시 원형의 이야기에 귀를 기울인다. 등 돌리고 선 원형의 얼굴 표정은 확인할 수 없다. 저들 모두, 십 년도 더 지난 은색 애니콜 폴더 전화기를 가지고 있는가.

성이연은 보이지 않는다. 어디 있을까. 어디선가 쌉싸래한 쑥 향이 코를 찌르고 있다. 어디선가 모기를 쫓거나 누군가 쑥뜸을 받는 모양이다. 익숙지 않은 냄새에 속이 울렁거렸다. 현관에 선 채로 꽤 오랜 시간을 보낸 것 같다. 환영받지 못할 자리 초대받지 못한 손님. 두려운 것은 아니다. 마음이 조금 불편할 뿐이다.

"안녕하십니까."

빠르지도 느리지도 않은 걸음으로 누군가, 반 발짝 뒤에 원형을 이끌고, 다가왔다. 소파에 앉아 있던 사람 가운데 한 명이다. 작은 키에 하얗고 동글동글한 얼굴.

"함께 오신 분이라고요? 아이고 이런."

차연이 정중하게, 조금은 저자세로 보일 만큼 깊이 허리를 숙였다.

"실례합니다. 제가 올 자리가 아닌 줄은 알고 있습니다."

남자는 눈에 주름을 접으며 가늘게 웃었다.

"알고 계신다니 썩 다행입니다. 사실은 저도, 그래서 지금 굉장히 당황스럽군요."

책을 안고 2층 계단을 오르던 벽돌색 셔츠가, 화이트보드 앞에 서서 마커 펜으로 뭔가를 메모하던 자주색 개량한복의 여인이, 저편 주방에서 노란 고무장갑 끼고 서성이는 중년 남성이, 7인용 소파에 앉아 검은 병에 담긴 와인을 홀짝이는 사람들이, 모르는 척 무심한 척 아닌 척 이쪽에 신경을 곤두세우고 있다. 아까부터 그랬다. 원형을 뒤따라 현관에 들어서던 즈음부터, 보이지 않는 화살들이 여기저기 날아들어 가슴팍에 꽂히는 느낌.

"저뿐 아니라 여기 계신 분들 모두, 그래서 지금 몹시 놀라고 있는 중입니다. 이런 경우가 여태, 단 한 번도 없던 참이라."

"죄송합니다."

차연 아니라 원형이 남자의 옆구리에 대고 중얼거렸다. 사죄의 눈물이라도 쏟을 것 같은 얼굴.

"아아. 그러나 어쩌겠어요, 이 먼 길을 오셨는데."

"……."

"환대를 해드리긴 힘들겠지만, 그렇다고 사람을 내쫓을 수도 없는 일이고."

"폐 끼치는 일은 하지 않겠습니다."

"부디 그러시길 바라야죠. 부디."

남자가 두 손을 마주 비비며 실내를 돌아보았다. 벽돌색 셔츠가 계단 위로 사라지고, 개량 한복이 화이트보드에 다시 뭔가를 메모하는 데 열중하고, 고무장갑을 끼고 서성이던 여인은 주방으로 들어갔는지 보이지 않는다.

신을 벗고 남자 뒤를 따랐다. 마루를 길게 가로질러 주방 안쪽, 작은 방이 하나 딸려 있다. 방이라지만 캐비닛 옷장과 이불 더미와 쌀 포대와 선풍기와 짐 가방과 이런저런 물건들이 벽 두 면을 가득 차지하고 있어 드러눕기도 마땅치 않은 공간이다. 이를테면 하늘채에서 가장 외따로이 떨어진 곳. 손님 대접을 받는 게 아니라 일단 한구석으로 치워지는 신세임은 따로 설명할 필요가 없을 터였다.

"자리가 많이 누추합니다. 차 드세요."

두껍고 무거운 사기 찻잔 속, 검푸른 찻잎이 침울하게 가라앉아 있다.

"제 소개를…… 목진서입니다. 목 선생이라고들 부르지요."

"아."

목 선생. 바로 이 사람이구나.

"말씀 많이 들었습니다. 한차연입니다."

"무슨 말씀을 어떻게 들으셨을 걱정스럽네요."

받아든 명함 속 글자를 읽느라 안경을 들어 올리고 눈을 가늘게 뜨는 십육 년 경력의 전직 외과의사. 일찌감치 은퇴한 지지난 해부터 아내와 함께 강남고속터미널 지하상가에서 체인점 빵집을 운영하고 있는, 시집간 큰딸이 올해 4월 아이를 낳으며 친구들 중에서 가장 먼저 할아버지가 되었다는, 지난 십일 년간 모두 스물일곱 명에 이르는 자살자의 마지막을 도우며 이 분야에서 독보적인 기록을 가지고 있는 인물. 동그란 얼굴에 머리는 반 넘게 벗겨졌고 뺨은 발그레하며 얇은 금테안경 너머 두 눈은 크고 쌍꺼풀이 짙다. 어째서 이런 얼굴이지? 음침한 눈빛과 야비한 입매, 턱 밑의 끔찍한 흉터가 아니라? 목 선생은 눈치가 빠른 사람이었다. 적어도 자신을 향한 이방인의 시선에 어떤 종류의 감정이 실려 있는지를 놓칠 만한 무신경은 아니었다.

"평범하게 생겼지요? 악마 외사촌 정도 되는 얼굴이 아니라."

"아니, 뭐."

"변변찮은 말씀이지만 저도 하루 세 끼 밥 먹고 사는 똑같은 사람입니다. 세금 착실히 납부하고 때 되면 빠지지 않고 투표권도 행사하며 가끔은 아이들과 패밀리레스토랑도 가는, 뭐랄까, 보통 사람이지요. 죽음과 아주 가까이 있는 보통 사람."

목소리까지 청년처럼 새되고 밝다.

"하지만 생의 마지막을 꿈꾸며 저를 찾아왔던 이들 가운데, 이 얼굴 때문에 결심을 고쳐먹은 분은 여태까지 없었답니다."

"……어째서 그랬을까요."

"결국에 중요한 건 자기 자신일 테니까요. 남의 못생긴 얼굴이 아니라."

원형이 목 선생을 만난 것은 사 년 전이었다. 신촌에 네일 숍을 열기 전이었고 신림동 아닌 대치동에서 살 때였다. 생명사랑의 전화에 주 아홉 시간 상담 봉사를 하던 시절. 매일 걸려오는 전화가 서울 강남 지부만 하루 삼백 통이 넘었다. 한해 17만 건에 가까운 상담 전화 가운데 구체적으로 반복적으로 자살 의지를 언급하는 등의 이른바 '레드 콜'은 1만2천 통 내외. 비공식 내부 자료에 따르면 이 가운데 이십 퍼센트에 해당하는 숫자가 육 개월 안에 실제 자살을 감행하는 것으로 알려졌다. 죽을 사람 안 죽을 사람은 처음부터 정해져 있다는 결론, 허무한가요? 전화 저편에서 자기 처지를 비관하고 자살을 이야기하는 이들 대부분 그 과정을 통해 위로와 용기를 얻고 절망과 고통을 떨치려는 사람들이다. 그들을 위해 상담사가 맡아야 할 역할 또한 분명했다. 문제는 그 숫자 속에 굳건하게 자리 잡은, 훗날 언제건 어떤 식으로건 자살을 선택할 소수에 대해서였다. 미안하지만 막는다고 막을 수 있는 일이 아니요 줄인다고 줄일 수 있는 수치가 아니거든요. 저기요, 제가 자살 때문에 그러는데요. 그 첫마디만 들으면 딱 알 수 있죠. 이 사람이 죽을 사람인지 아닌지. 도무지 살 수가 없다고 어서 죽고만 싶다고 징징거리지만 당장에 시안화칼륨 캡슐 몇 알을 코앞에 들이대면 미련 없이 입을 벌릴 사람인지 아닌지.

가장 먼저 원형을 경악시킨 것은 생명사랑 전화상담사 두 사람이 이미 목 선생과 몹시 수상한 교우를 주고받고 있다는 사실이었다. 더불어 생명사랑으로 걸려오는 24시간 12회선의 전화상담 기록 가운데 일부가 몹시 수상한 용도로 사용되고 있다는 사실이었다.

"방금 말씀드렸지만 우리 회원들이 지금 적잖이 불편해 하고 있습니다. 혼란에 빠졌다고 할까, 알고 보면 예민한 상처가 많은 분들이라서요. 버림받은 고양이처럼."

늦은 저녁을 준비하는가, 음식 만드는 냄새가 주방에서 새들어오고 있다.

"죄송하게 되었습니다. 저는 다만."

"원형 님에게 대강 이야기 들었습니다."

"……."

"예, 대강 들었습니다. 깊고 자세한 사연이야 대강 들어서 어찌 다 알겠습니까. 차 드세요 감잎차, 생각보다 향이 괜찮습니다. 비타민도 풍부하고."

"예."

"쉽지 않은 상황이시겠지요. 입장을 바꿔 저라도 그랬을
겁니다. 그래요, 이해를 바라지는 않겠습니다. 공연한 오해
마시라고도 하지 않겠습니다. 다만 상황이, 피치 못할 사연
을 따라 지금까지 이어졌듯, 앞으로도 이렇게 진행될 수밖
에 없으리라는 점을 미리 말씀드려야겠군요."

자살 유전자를 타고 난 사람들. 그를 낳은 부모도 그가 낳
은 자녀도, 메스 쥔 의사도 수갑 쥔 경찰도, 삶과 죽음을 관
장하는 신이 존재한다면 그조차도 감히 그 앞길을 막아서지
못할 자살 예정자들. 그들 가운데 적지 않은 숫자가 생의 마
지막 통과의례를 앞두고 남모를 곤란과 고통에 사로잡히곤
한다. 자살을 꿈꾸는 많은 사람들에게 진정 필요한 것은 그
들의 마음을 되돌릴 수 있는 사회적 관심과 배려, 전문화된
상담과 심리 치료 등이겠지요. 열 명 가운데 아홉 명, 1백 명
의 자살 시도자 가운데 아흔여덟 명 정도는 말이에요. 그렇
다면 열 명 중에서 한 명은? 백 명 중에서 남은 한두 명은?

"성이연 씨 어디 있습니까."

의지와 달리, 얼굴 근육이 자꾸만 딱딱해지고 있다.

"여기 없습니다. 아직 안 오셨어요."

"성이연 씨, 만나게 해주세요."

"제 말을 믿지 않으시는군요."

"예."

칭찬이나 들은 듯 목 선생이 쑥스럽게 웃었다.

"그렇다면 제가 더는 도와드릴 게 없겠군요. 어쩌나."

"……."

"회원 한 분과 함께 오시는 중이라고, 삼십 분쯤 전에 연락이 왔습니다. 곧 도착할 시간이군요. 믿으셔도 좋습니다."

"성이연 씨 오시면 꼭 좀 만날 수 있게 해주세요. 부탁입니다."

"어렵지는 않을 테지만, 그래도 되는 일인지 잘 모르겠군요. 어쨌거나 저는, 저만큼은, 차연 님의 진심을 십분 믿어드리고 싶습니다. 그러고 싶은 마음입니다."

"진심?"

"그렇습니다, 진심. 밤늦은 시골구석까지 마다않고 차연 님을 찾아오게 만들었던 힘. 살면서 자칫 잃어버리기 쉬운 데다 그 사실조차 까맣게 놓치기 십상인 가치. 차연 님이나 우리처럼 삶과 죽음을 다루는 사람들에게는 더욱 중요하지만 그럴수록 더더욱 까다로워지는 덕목. 진심."

지그시 눈 감은 목 선생이 두 손바닥을 마주 비볐다.

"아홉 시 뉴스에서 낯모르는 유부녀의 죽음을 지켜보며

혼자 저녁식사를 하는 자취생이, 12층 아파트 베란다에서 전단지조각처럼 팔랑 몸을 던지는 중학생이, 퇴근길 충무로 역에서 환승통로를 바삐 걷다가 친구 어머니의 부음 문자를 접하는 유부남이, 수면제에 중독된 여관 투숙자를 들쳐 업고 가까운 병원으로 달려가는 분식집 배달사원이 꼭 갖추고 있어야 하는 것. 하지만 그렇지 않을 때가 더 많은 것."

"……진심?"

"그렇습니다. 차연 님의 진심이 성이연 님의 진심을 만날 수 있다면, 그것이 장차 성이연 님의 진심을 진심으로 움직일 수 있다면, 그리하여 우리가 지난 육 개월 동안 만들지 못했던 변화를 진심으로 이끌어낼 수만 있다면, 저희라고 그 가능성의 싹을 잘라낼 이유가 없을 것입니다. 그야말로 우리가 가진 진심 중의 진심일 것입니다. 하지만."

"하지만 가능성이 전혀 없다 이건가요."

"그럴 경우를 먼저 생각해볼 필요가 있다는 점이죠. 그럴 경우 걷잡을 수 없이 번져나갈 사태의 난해함을, 차연 님 역시도 진심을 다해 고민해야 할 것입니다. 그로 인해 성이연 님과 차연 님을 비롯한 우리 모두가 감당해야 할, 참담하고 고통스러운 혼란의 역사에 대해서."

"무슨 혼란을 말씀하시는지요."

"생과 소멸, 나 아닌 타인의 삶과 죽음이란 문제에 타인 아닌 내가 관여할 자격은 어디까지인가. 거기서부터 시작하는 혼란이지요. 다시 말해서."

그때 누군가 방 안에 들어섰다. 원형이었다. 왠지 낯설었다. 감히 말하지만 원형을 처음 만나던 순간도 지금처럼 낯설지는 않았다.

"성이연 씨가 왔습니다."

차연 아니라 목 선생에게 건네는 말이다.

"오, 그래요?"

목 선생이 방바닥에 손을 짚으며 일어섰다. 차연이 슬그머니 뒤를 따랐다.

현관 근처에 사람들이 모여 있다. 황토집 안에 여기저기 흩어져 있던 사람들이다. 그 속의 단 한 사람. 청색 흰색 줄무늬 셔츠와 청바지를 입은 여자. 모여선 사람들 속에서 그 한 사람을 분명히 구분할 수 있었다. 여자와 사람들이 인사를 나누고 있다. 사람들이 서두르는 일 없이 한 사람씩 여자에게 다가간다. 다가가 악수를 청하고, 미소 띤 얼굴로 인사를 건네고, 두 팔로 꼭 안아주고, 다정하게 잔등을 두드린다. 그 장면들이 지루하게 반복되고 있다.

"알아보겠어요?"

옆에 선 원형이 속삭였다. 가슴속이 조금씩 달아오르고 있다. 알아보다마다. 차연 안에 흔적처럼 남았던 여자에의 기억이, 느낌이, 감정이, 데일 듯 뜨겁게 활성화되고 있다. 기억 속에서 만난 그녀보다 키가 조금 더 컸지만, 기억 속의 그녀보다 눈이 더 작았지만, 기억 속의 그녀보다 얼굴이 더 갸름했지만, 기억 속의 그녀보다 지친 모습이었지만, 그런 건 아무 문제도 되지 않았다.

"기분 어때요."

"……아주 최고군요."

은연중에 긴장을 했던 모양이다. 후들후들 다리가 떨렸다.

17 남은
시간을
망가뜨릴
권리

　많이 늦은 시간이었지만 어떤 의미에서 모임은 이제 막 시작되었다. 준비해둔 음식과 와인 잔이 함께 돌았다. 하늘회의 152번째(512번째라고 했던가?) 정기 모임을 자축하는 건배를 누군가 제안했다. 지나치게 진지해서 외려 현실감이 떨어지는 목소리였다. 성이연이 등장하며 황토집에는 음울하도록 기묘한 활기가 그득그득 차올랐다. 음식들에서는 종류를 파악하기 힘든 향신료 냄새가 강했으며 유리잔에 찰랑찰랑 담긴 와인은 죽어가는 이의 몸에서 막 뿜어져 나온 피처럼 붉고 진했다. 거실 창가의 7인용 소파에, 일곱 명이 훨씬 넘는 사람들 속에 성이연은 앉아 있었다. 끊임없는 대화가 화기애애하다는 느낌은 들지 않았다.

성이연의 옆자리, 단발머리에 검은 테 안경을 쓴 여인. 이른 새벽 자신의 SUV에 성이연을 태우고 서울을 출발해 춘천 평창 태백 등 내륙 강원을 거쳐 이곳 음성까지 운전을 맡았던 그녀는 자신이 성이연의 법적대리인이라도 되는 듯 오늘 하루의 노고로 인해 자신에게 그러한 자격이 충분하다는 듯 도도한 자부심을 과시했다. 실은 소파 주변에 모인 사람들 대부분, 성이연과의 남달리 각별한 인연이 자기 자신에게 있음을 은연중에 인정받고 싶어 하는 분위기들이었다. 자정이 가까웠다. 새벽 1시가 되기 전에 성이연은 다시금 검은 테 안경의 도움을 받아 하늘채를 떠날 것이다. 음성에서 1백 킬로 정도 떨어진 곳, 단양 읍내의 모텔이 목적지였다. 돌이킬 수 없는 송별회의 마지막 시간들이 조금씩 멀어지고 있다. 가슴이 답답했다. 견고하게 격리된 방음 유리방 안에 갇힌 기분이었다.

석회암 모텔. 애초에 단양을 선택한 것은 성이연이었다. 카운터에서 어떤 방을 배정 받건 상관없는 일. 30대 후반 남녀 한 쌍-연인을 가장한 하늘회 회원 두 명이 이미 그곳에 투숙 중이었다. 새벽 3시, 두 남녀가 성이연의 방으로 찾아간다. 생명 가진 것들 대부분 깊은 잠에 빠진 시간, 노래기 톡톡이 장님옆새우 염주다슬기 같은 동굴생물들이 종유석 옆 작은 웅덩이에 웅크리고 4억5천만 년 전 화석이 되어 잠들 시간, 세상 누구도 기억 못할 그들의 마지막 만남이 시작된다. 소독 솜과 일회용주사기, 프로포폴 20밀리리터 앰플 다섯 병. 단출하지만 외롭지 않을 마지막 길을 위한 준비물 역시 성이연의 선택에 의한 것이었다. 안내자들과 함께 있는 시간은 그리 길지 않을 것이다. 머잖아 날이 밝을 터였다. 프로포폴에 취해 잠든 듯 죽어가며, 석회암 동굴 속 모텔 방에 웅크린 성이연은 어떤 꿈에 사로잡힐까.

와인 잔을 내려놓은 차연이 자리에서 일어섰다. 눈에 보이지 않는 유리방을 박살내고 굳세게 걸음을 내딛었다. 더는 상황을 지켜볼 이유가 없었다. 7인용 소파 앞으로 다가가, 마침내 자신을 밝혔다.

"성이연 씨."

그 목소리가 가련하도록 주눅 들어 있다. 다시 한 번.

"……성이연 씨."

여자가 고개 들어 차연을 바라보았다.

"저 기억하시나요. 한차연입니다. 애위사의 한차연."

천천히 깜빡이던 눈꺼풀이, 눈빛이, 한순간 꿈틀, 흔들렸다. 미세하지만 분명 그랬다. 이편을 알아봤다는 의미다. 그 얼굴이 조금씩 복잡해진다. 의아함과 놀라움, 반가움과 난처함 등 최소한 일곱 가지 이상의 감정명사들이 난마처럼 뒤얽히고 있다. 그 와중에 문득 떠오르는 게 있으니 지난밤 악몽 속의 얼굴-얼굴들이었다. 성이연과 원형. 원형과 성이연. 과연 닮았다. 그런 것 같다. 같은 인물로 착각할 정도는 물론 아니다. 외모보다는 분위기가 비슷하다. 그게 어떤 분위기인지는 딱히 설명하기 힘들다. 〈아내가 결혼했다〉의 손예진이 아니라 〈연애소설〉의 손예진을, 〈오싹한 연예〉의 손예진보다는 〈무방비도시〉의 손예진을 더 닮은 얼굴들.

"오랜만입니다. 잘 지냈나요."

내뱉고 보니 무례하기 그지없는 인사임을 깨닫는다. 잘 지냈느냐고? 엎지른 말을 쓸어 담아 되삼키고 싶다. 성이연이 홀린 듯 차연을 바라보고 있다. 7인용 소파에 모여 앉은 사람들 역시 말을 멈추고 숨을 죽이고 이 사태를 지켜보는 중이다.

"삼 년 만인가. 아마 그렇죠?"

한참 만에, 아마도 사오 초 정도 될 터지만 그보다 몇 배는 길게 느껴지는 시간이 지난 뒤, 성이연이 창백하게 입술을 달싹였다.

"……안녕하세요."

선뜻했다. 살아 있는 자의 육성이, 대단할 것 없는 한 마디가, 이토록 절절하게 가슴을 울릴 수가 없다.

"사실은, 예, 성이연 씨를 쫓아왔어요. 일이 그렇게 된 겁니다. 설명하자면 엄청나게 긴 이야기가 되겠네요. 지난 며칠 성이연 씨 때문에 고생 좀 했지요. 연락 끊긴 지 몇 년이 지난 사람을 갑자기 찾는다는 게, 역시 만만한 일이 아니더군요."

"……."

"갈현동 집에도 가고 서교동 출판사에도 갔었어요. 가서 남동생도 만나고 편집장도 만났지요. 4만 원짜리 주차딱지를 두 번이나 끊어가면서. 모르셨죠?"

그 와중에도 참을 수 없도록 괴로운 것은 잡아먹을 듯 집요한 사람들의 시선이었다. 몸이 자꾸만 작아지는 기분.

"왜 전화 안 받았나요."

"……."

"010 4304 5950 맞죠? 어제 오늘 이 번호로 전화를 서른 통은 더 걸었을 거예요. 왜 안 받았나요. 아무리 낯선 전화번호라고 해도, 부재중 번호가 그렇게 찍히면 한 번쯤 관심을 가져줘야 하는 거 아닌가요. 성이연 씨는 이제 그런 궁금증도 필요 없는 사람인가요."

느닷없이 북받치는 감정. 여자가 고개를 떨어뜨렸다. 왼

손바닥을 얼굴에, 이마와 미간 사이의 어디쯤에 가져갔다. 새근새근 어깨를 들썩이며 숨을 들이마시고 또 내쉰다. 내면의 변화. 내면의 변화. 견고하게 닫혀 미동조차 하지 않을 것 같던 한 사람의 마음이 천만뜻밖의 상황-상상 못했던 타인의 등장으로 인해 안쪽부터 조금씩 허물어지기 시작하는 변화의 징조. 미칠 듯 가슴이 뛰었다. 태연한 척하고 있지만 까딱하면 정신을 놓칠 것 같은 긴장함이 내내 먹먹하고 아찔했다.

"성이연 씨."

손을 내밀었다.

"일어나요."

그것은 계획에 없었던, 차연 스스로도 예상 못했던, 의지와는 무관하게 몸이 불쑥 행한, 일종의 돌발 상황이었다.

"성이연 씨가 왜 여기 있어야 하는지, 지금 이 상황이 성이연 씨에게 어떤 의미인지 알고 싶지 않아요. 미안하지만 알고 싶지도 않다고요. 그러니 일어나요. 어서."

음소거 버튼을 누른 듯 숨을 죽인 사람들. 차연이 한 발짝 다가갔다. 어정쩡하게 손을 내민 채로. 성이연이 마침내 이마에서 손을 거두었다. 고개 들어 재차 차연을 바라보았다.

"꿈을 꾸었다고 생각하세요. 나쁜 꿈을."

253

"……."

"내 손 잡아요. 서울로 돌아갑시다. 어서."

찢어질 듯 팽팽한 긴장감. 그때 성이연이 머뭇머뭇 팔을 쳐들었다. 차연이 내민 손을 잡기 위한, 그런 움직임이었다. 차연 보기에는 분명히 그랬다. 짧은 순간이었지만 그 외에는 어떤 식으로도 해석할 수 없는 동작. 아닐지도 모른다. 차연의 착각일는지도. 그러나 결국은 확인할 수 없는 일이 되고 말았다. 주저하던 성이연의 손끝이 결국 차연에게 가 닿지 못했던 것이다.

"그 손!"

누군가의 목소리가 폭발하듯 터져 나왔다.

"정말 너무하네. 가만히 보고 있을 수가 없잖아."

말처럼 얼굴이 길고 큰 남자다. 50대 중반? 앞머리가 M 자형으로 벗겨지고 얼굴은 정력적인 대춧빛이다.

"실례지만 좀 물읍시다. 어떻게 되시는 분이요?"

"저 말입니까."

"그런 질문 받을 사람이 여기 또 누가 있어. 당신 말고."

"저는……."

화가 몹시 나 있다. 지독한 모욕을 당한 사람처럼. 자신이 지닌 가장 소중한 가치를 유린당한 사람처럼.

"여기 모인 사람들, 다 이렇게 바보 만들어도 되는 거야? 우리가 그렇게 형편없는 사람들로 보여?"

"오해입니다. 누굴 바보로 만들 생각은 없어요. 그럴 만큼 한가하지도 않지요. 다만 저는 여기 성이연 씨를 위해서."

"그렇다면 우리는 뭔가요?"

애써 화를 참는 목소리로 누군가 쏘아붙였다. 예민한 상처가 많은 사람들이로구나. 버림받은 고양이처럼.

"우리는 성이연 씨가 아니라 다른 무엇을 위해 이 자리에 있는 사람들이라는 이야기인가요? 그쪽은 뜻이 있고 우리는 없다, 요컨대 그런 이야긴가요?"

"죄송하지만 그건 제가 잘 모르겠군요."

"이거 보세요!"

옆구리를 파고드는 라이트훅처럼 맵고 단호한 외침. 검은 테 안경을 쓴 여자다.

"보아하니 가족은 아니고 그다지 가까운 사이도 아닌 것 같은데, 댁이 누구신지 오늘 이 모임을 망칠 자격이 없다는 걸 아셔야지요. 초대 받지 않은 손님이라서가 아니에요. 여기 성이연 씨의 남은 시간을 망가뜨릴, 그럴 권리를 가진 사람은 세상에 없다고요. 아시겠어요?"

분노와 적의. 새파랗게 따져드는 그녀는 물론 비슷한 감

정에 휩싸여 있는 7인용 소파의 그들로부터 차연은 사람이
아니라 벽을 느꼈다. 너무 높고 육중한 나머지 그 너머를 알
고 싶은 호기심조차 들지 않는 담벼락. 다른 누군가의 목소
리가, 거침없는 감정을 실은 목소리들이 연이어 쏟아졌다.
우리라고 생각이 없는 사람들인 것 같은가. 그렇지 않다. 오
늘을 위해 오랜 시간을 두고 고민하고 검토했으며 의견을
나누었다. 무턱대고 이루어진 일이 아니며 무엇보다 당사자
가 올곧게 원해왔던 결과다. 어려운 결정 끝에 준비한 행사
를, 당신이 뭐라고 느닷없이 나타나서 훼방 놓는가. 당신이
책임질 수 있는가. 이 불행한 여인을 평생의 매순간토록 감
싸 안아줄 수 있는가. 그럴 능력과 자격이 과연 당신에게 있
는가. 지금 당신의 무책임한 돌출 행동이 이 여인으로 하여
금 죽음보다 지독한 혼란만 가중시키고 있다는 사실을 알고
는 있는가.

"진정하세요. 잠깐 흥분들 가라앉히세요. 이러실 필요 없
습니다."

높고 견고한 벽에 둘러싸인 차연이 신변의 위기마저 느낄
때였다. 그들 중의 누군가 홀연히 나섰다. 하얀 와이셔츠다.
차연을 등 뒤에 막고 선 그가 두 손바닥을 아래로 계속 내려
뜨리는 시늉을 한다. 흥분을 가라앉히라, 그런 의미겠다. 반

가웠다. 너무도 반가운 마음에 눈물이 날 것 같았다.

"생각해보세요. 우리가 이 사람의 입장을 이해하고 받아들일 건가요? 아니잖아요. 이 사람이 지금 이렇게 설친다고 해서 정해진 일정에 변화가 생길 가능성이 있나요? 그것도 아니잖아요. 그러니 이렇게 흥분하실 일이 아닙니다. 남은 시간이 별로 없으니 말이지요."

이상한 일이다. 남자는 차연을 전혀 알아보지 못하는 눈치다. 그렇다면 아닌가? Face에서 만났던 얼굴. 심리적으로 위축된 차연의 기억이 착란을 일으킨 것인가.

"지금 우선적으로 보호받아야 할 분은 바로 여기 성이연 씨입니다. 어서 이층으로 모셔야 할 것 같습니다. 제 생각에 그게 가장 시급한 문제입니다."

소파에 웅크려 앉은 성이연. 잔뜩 구부린 어깨가 조금씩 떨리고 있다. 추워 보인다. 몹시 추워 보인다. 사람들이 몰려들었다. 안아주고 다독이고 뭐라 속삭인다. 양 겨드랑이에 손을 넣어 힘겹게 일으킨다. 지친 모습. 수감자 호송하듯 환자 부축하듯 여자를 가운데 둔 무리들이 웅성웅성 걸음을 옮긴다. 2층 계단으로 올라서고 있다. 높고 견고한 벽에 갇혀 꼼짝 못하던 차연이 순간 아찔했다. 신물 같은 분노가 울컥 솟구쳤다. 참지 못하고 버럭 외쳤다.

"여자 놔줘!"

그리고 성이연의 뒷모습을 향해 힘차게 달려갔다. 그러려고 했다. 하지만 채 다섯 걸음도 나아갈 수가 없었다. 억센 완력들에 의해 순식간에 제압을 당하고 만 것이다. 팔목을, 뒷머리를, 목덜미를, 허리춤을, 무릎을 잡아채는 손들. 탁자 위의 와인 병이 떨어져 바닥을 굴렀다. 여자들이 짧은 비명을 내뱉었다. 하지만 그뿐이었다. 병은 깨지시 않았고 저항은 쉽지 않았다. 바닥에 엎어진 차연이 상처 입은 벌레처럼 버르적거렸다.

"놔! 이거 놔!"

끝까지 이성을 유지했다면 볼썽사나운 꼴은 피할 수 있었을까. 격하게 행동하지 않았더라면 최악의 상황만큼은 면할 수 있었을까. 아니, 모든 일은 처음부터 정해져 있었다. 사 년 전 10월 어느 날, 애도와위안의사람들 사무실에서 187번째 의뢰인을 처음 만나던 때부터.

뒤틀린 팔목이 아팠다. 넘어지면서 어딜 어떻게 다쳤는지 왼쪽 옆구리가 욱신욱신 쑤셨다. 가슴속의 뜨거운 불길이 온 몸을 태울 것 같았다. 그러나 물리적인 억압은 어떤 간절한 의지보다도 구체적이고 현실적이었다. 억센 손아귀들이 차연의 몸을 강제로 일으켰다. 현관 쪽으로 질질, 이삿짐 장

롱처럼 끌려 나갔다. 안간힘을 써 온몸을 뻗대며 2층 계단
쪽을 바라보았다. 사람들 속에 둘러싸인 성이연의 뒷모습은
보이지 않았다.

"이거 놔! 야 이 새끼들아!"

신발도 신기지 않은 채 현관 밖으로 끌려 나가던 차연이
재차 몸을 뒤틀며 저항했다. 궁지에 몰린 들개처럼. 그럴수
록 불가항력의 절망과 분노만이 커졌다. 그럴수록 여기저기
부딪치고 치이는 몸만 힘들고 아팠다. 몸싸움조차 쉽지 않
는 상황이었다. 절박한 그 순간에 거짓말처럼 느닷없이 떠
오르는 얼굴들이 있었다. 슬픔에 빠진 얼굴들. 우울에 지친
얼굴들. 친구를, 아내를, 연인을, 어머니를, 생후 삼 개월 된
아이를, 군대 간 아들을, 그 밖의 사랑하는 사람들을 어느
날 갑자기 떠나보낸 뒤 그 빈자리로 인해 고통 받는 얼굴들.
애위사에서 그간 만나왔던 의뢰인들이었다.

"놔! 이거 못 놔!"

마루 저편에서 묵묵히 사태를 지켜보고 있는 두 사람. 원
형과 목 선생이었다.

18   끔찍한
     상상

황토집 밖으로 질질 끌려 나가서는, 또 거기서 끝이 아니었다. 건물 옆구리와 산비탈 사이로 이어지는 샛길을 따라 또 여러 걸음을 움직였다. 한밤의 산바람이 불어왔다. 9월이라고는 믿기 힘들 만큼 차가운 바람이었다. 이윽고 다다른 곳은 아마도 주방 뒤편, 작은 창고였다. 외따로이 떨어진 시멘트벽돌과 양철지붕. 차연이 그 안에 고꾸라질 듯 처박혔다. 털컹! 세차게 철문이 닫혔다. 쇳소리를 내며 잠금쇠가 채워지는 기척까지가 생생하게 이어졌다. 미친 듯 철문을 두드렸다. 그리고 외쳤다.

"문 열어! 문 열라고!"

철문 밖에서 돌아오는 대답은 차분했다.

"얌전히 쉬고 계시오. 때 되면 내보내줄 테니까."

자갈길을 밟는 발소리들이 절그럭절그럭 멀어져갔다.

"야 이 새끼들아아!"

한 평 남짓한 공간. 눅눅한 냄새 물씬 풍기는, 사위가 구분되지 않을 만큼 캄캄한 창고 안. 그나마도 뭔가가 잔뜩 쌓여 있어 비좁기가 그지없었다. 철문을 붙들고 거세게 흔들어본다. 사방 벽을 여기저기 두드려본다. 차갑고 거칠고 단단한 감촉의 막막함이 손바닥을 타고 돌아온다. 빠져나갈 곳은 없었다. 핸드폰을 열었다. 그 불빛으로 칠흑 같던 어둠이 조금 옅어졌다. 그러나 안테나가 하나도 잡히지 않는다. 거의 완벽한 상황.

부식창고인 모양이다. 종이박스에 쌓아올리고 포대에 가득 담긴 감자며 양파며 호박 등에서 알싸한 날것 냄새가 풍겼다. 구석의 플라스틱 박스에 주저앉았다. 거친 손길들에 의해 제압당했던 몸 여기저기가 새삼 쑤시고 아팠다. 몸살기운 같은 분노와 절망으로 얼굴이 다시 후끈 달아올랐다. 얌전히 쉬고 계시오. 때 되면 내보내줄 테니까. 철문 건너 목소리가 의미하는 바는 분명했다. 추방과 감금은 다르다. 이를테면 내일 새벽으로 예정된 행사에 불청객이 재차 껴들어 분위기를 흐트러뜨리는 일이 없도록 하려는.

성이연은 괜찮을까. 지금 어떤 상황일까. 파리 떼 같은 근심 걱정이 성가시게 날아들고 있다. 그녀 앞에 처음 다가가 자신을 밝혔을 때 꿈틀, 미세하게 흔들렸던 눈빛을 생각한다. 차연으로 인해 그녀의 내면에 조금이라도 균열이 생겼다면, 지금 상황에서 그것은 새로 시작된 재앙과도 다르지 않았다. 성이연에게 어떠한 종류와 크기의 심경 변화가 생겼건 그렇지 아니하건, 저들은 새벽으로 예정된 행사를 차질 없이 진행하려들 터였다. 그 과정에 어떤 크고 작은 걸림이 있더라도, 요컨대 누군가를 억지로 창고 안에 가둬놓는 한이 있더라도 말이다.

원형은 괜찮을까. 지금 어떤 상황일까. 모임의 규율을 깨고 허락도 없이 외부인을 끌어들이며 이 불미스러운 소동의 원인 제공자가 되고 만 그녀에게, 어떠한 형태로건 그 책임을 묻는 과정이 이어질 것이다. 설마하니 차연이 당했던 것처럼 집단 린치가 가해지지는 않겠지. 자신 때문에 입장 곤란해진 그녀를 위해 뭔가 해줄 수 없는 자신의 입장이 견딜 수 없도록 괴로웠다. 핸드폰 불빛이 절로 꺼졌다. 손가락을 가져가 다시 불빛을 살려낸다.

나뿐일까.

이 창고에 감금되었던 사람이, 과연 나뿐이었을까.

불길한 느낌. 뭔가 기분이 나빠지는 예감. 앉은 자리에서 일어나 슬그머니 등 뒤를 돌아보았다. 창고 구석, 잔뜩 쌓아 올린 종이박스들 사이의 어둑한 그림자. 뭔가 희끄무레한 형태가 눈에 들어온다. 저게 뭐람? 순간 목덜미에 오소소 소름이 끼친다. 사람이다. 사람의 일부다. 남자인지 여자인지는 확실치 않다. 어쨌거나 죽은 사람이다. 거무튀튀 부패한 피부. 방치된 지 일 개월은 지난 것 같다. 느닷없는 음악 소리가 시작된다. 죽은 이의 바지주머니에서 나는 핸드폰 벨소리다. 은색 폴더형 애니콜. 그렇다면 저기 죽은 이도, 원형과 같은 하늘회 모임의 한 사람이었던가.

세차게 고개를 저었다. 제기랄. 끔찍하도록 강렬한 상상!

비좁고 냄새나는 창고 안. 묵은 야채에서 풍기는 특유의 냄새가 참기 힘들었다. 울화가 치밀었다. 철문을 발로 걷어차고 두드리고 힘주어 밀어보았다. 둔탁하게 울려 퍼지는 쇳소리뿐 철문 바깥에서 돌아오는 반응 따위는 없다. 괴로웠다. 몸도 마음도 괴로웠다. 머잖아 성이연을 태운 차가 단양을 향해 출발할 것이다. 석회암모텔 203호나 401호 또는 304호에서 그들이 만나고, 노래기와 장님옆새우마저 오래된 화석처럼 잠든 시간의 프로포폴 주사바늘이 그녀의 오른

손 정맥에 꽂힐 것이다. 적어도 그때까지는 이곳을 한 발짝도 벗어날 수 없을 것이다. 빌어먹을. 하지만 장담 못해요. 이후로 어떤 일이 벌어질지. 차연이 원해서 벌인 일이 차연에게, 차연과 나와 그 밖의 사람들에게 어떤 원치 않은 결과를 가져올지. 원형은 이러한 상황을 대충 예측하고 있었을까. 핸드폰 배터리가 그새 반으로 줄었다. 신호가 잡히지 않는 곳에서는 배터리가 더 빨리 닳는다는 이야기를 들은 깃 같다. 나중을 위해 일단 전원을 꺼두기로 한다. 그러자 어둠이 성큼 온 시야를 뒤덮었다. 창고 밖. 숲을 스쳐가는 바람 소리조차 들리지 않았다.

한 시간 정도 지났을까. 사십오 분? 아니면 이십 분? 시간 감각이 급하게 마비되고 있다. 짙은 어둠 때문이다. 절그럭절그럭. 자갈길 밟는 발소리가 들려왔다. 잘못 들은 것이 아니다. 누군가 있다. 누군가 다가오는 중이다. 절그럭절그럭 발소리가 점점 가까워지더니 문 앞에서 멈춰 선다. 스르륵. 철문 잠금쇠가 벗겨지는 쇳소리. 차연이 엉거주춤 일어섰다. 웅크린 채 굳었던 관절들이 우두둑, 신음했다.

철컹.

철문이 열렸다. 본능적인 경계심으로 솜털들이 오소소 곤두었다. 날이 밝았는가. 모든 것이 이미 끝이 났는가. 아니, 아직은 깊은 밤이다.

"……나오세요."

어둠 속에서 누군가 숨죽여 속삭인다. 그가 누군지 알 수 있었다. 남자다. 하얀 와이셔츠를 입은 남자. 그가 뻣뻣하게 굳은 차연의 손목을 잡아끌었다. 차갑고 얇은 손이었다.

"빨리 움직여야 해요. 들키면 그땐 정말 큰일입니다."

남자를 뒤따라 어둔 샛길을 걸었다. 빠르게 걸었다. 황토 집 현관 반대 방향이었다. 멀리 숲속에서 밤새가 푸드덕 날개를 털었다. 앞서 걷던 남자가 자꾸 차연을 돌아보았다. 창백한 얼굴에 불안한 기색이 가득했다. 자그락자그락 발소리가 쉼 없이 이어졌다.

"어딜 가는 겁니까."

"돌아가셔야지요. 서울로."

산비탈과 잇닿은 좁은 길을 한참 걸었다. 마침내 황토 마을을 벗어났다. 한적한 농로를 지나 2차선 찻길이 나왔다. 길가 저편의 들판. 시동 꺼진 차 한 대가 보였다. 차연과 남자가 다가가자 어둠 속에서 조심스러운 인기척이 들려왔다. 두 사람이 있다. 한 사람은 베이시스트 조안, 또 한 명은 성이연이다. 반갑다기보다 왠지 아찔했다.

"……괜찮으세요?"

우물쭈물 안부를 묻는 이는 뜻밖에도 성이연이었다.

"아, 뭐, 전 괜찮습니다."

남자가 뭔가를 내밀었다. 차 열쇠다.

"어서요."

손에 들린 열쇠와 남자의 얼굴을 번갈아 바라보았다.

"올라가세요. 성이연 씨와 함께."

"함께 가는 거 아닌가요?"

"지금 이곳을 떠나야 할 사람은 두 분뿐입니다."

"……저를 왜 도와주시는 건가요."

"누구를 돕는 게 아닙니다. 해야 할 일을 하는 거죠."

"……."

"상황이 이렇게 되었는데, 이미 결정된 일이라는 명목 아래 처음 방식 그대로 밀고나가는 것은 문제가 있겠지요. 그게 우리 소수의 의견이자 판단입니다. 다른 분들의 생각은 다르겠지만."

지켜보던 베이시스트가 미간을 찌푸렸다.

"빨리요. 사람들 쫓아올 때까지 기다리려는 건가요?"

조수석에 앉은 성이연이 부지런히 안전벨트를 맸다. 시동을 켠 차연은 그제야 기억을 되살렸다. 원형의 아반떼다.

"아, 원형 씨는 괜찮습니까."

숲에서 다시 바람이 불어왔다. 초조한 표정으로 주변을 둘러보던 베이시스트가 아이 참, 미간을 찌푸렸다.

"혹시 지금, 무슨 곤경에 빠져 있는 것 아닌가요."

"별일 없으니 걱정 마세요. 지금 이 자리에 와 계신다 해도, 함께 차를 타고 여기를 떠나지는 않을 겁니다. 제가 알기로는 그런 분이 아닙니다."

"……."

"그리고 성이연 씨."

차창 밖 하얀 와이셔츠가 여자를 불렀다.

"아무 생각 말고 올라가세요. 올라가서 푹 쉬시고, 그리고 충분한 시간을 가지세요. 본인 생각하기에 충분할 만큼의 시간을. 모든 것은 결국 성이연 씨의 몫이에요. 장차 어떤 결정을 하시건, 진심으로 존중하고 따를 겁니다. 여태 그랬던 것처럼 말이지요. ……그럼 조심히."

차연은 좀처럼 기어에 손을 가져갈 수 없었다.

"이렇게 되면, 나중에 입장들 곤란해지실텐데."

"걱정 마세요. 어차피 마찬가지니까."

뭐가 마찬가지라는 것일까. 남자가 고개를 끄덕였다.

"일이 어떻게 잘못 꼬일지, 아직 아무도 모릅니다. 그러니

어서 움직이세요. 밤새 이렇게 질문을 하실 생각이 아니라면."

부르릉. 아반떼가 어둔 공터를 크게 한 바퀴 돌았다. 어둠
속에 선 남자와 여자가 손을 흔들어보였다.

19   누군가
           차창을
           두드리고
           있다
           꿈인가?

  구불구불 산길을 벗어났다. ○○저수지라고 쓰인 푯말을 지나쳤다. 대금로를 지나 음성IC에 진입했다. 길은 여전히 어두웠고 오가는 차량은 드물었으며 누군가 뒤쫓아 오는 기척은 없었다. 옆자리 여자는 시종 창밖으로 얼굴을 돌린 채 입을 다물고 있다. 말없음은 고속도로에 진입해서까지 이어졌다.

  오랜만입니다. 잘 지냈나요.

  입 안에 그런 인사가 자꾸 맴돌았다. 아까 불현듯 내뱉고만, 하지 않았더라면 더 좋았을 인사말이.

  오랜만입니다. 잘 지냈나요.

아까와 지금은 다르다. 진심을 가득 담아서 다시 한 번 묻고 싶었다.

어떻게 살았나요. 많이 힘들었나요. 그렇겠지요. 성이연 씨에 대해 잘은 모르지만, 아마도 그랬을 테지요. 이해해요. 누구나 그럴 수 있잖아요. 하지만 그뿐인가요. 정말 그뿐이었던가요. 살다 보면 즐거웠던 적이, 그래도 살아 있어 다행이라고 생각했던 때가, 적어도 한두 번은 있지 않았을까요. 함께 하는 시간을 사랑하지 않을 수 없는, 그런 소중한 대상이 당신에게도 있지 않았던가요. 예를 들어 서지후의 음악 같은.

새벽 깊은 고속도로. 시속 120킬로미터로 멀어지는 밤의 시간들. 조마조마 길을 나선 지 어느새 사십여 분이 지났다. 백미러에 이따금 전조등 불빛이 비치면 혹시 그들 아닐까 그들이 쫓아오는 것 아닐까 싶던 불안감이 조금씩 스러져가고 있다. 아울러 온몸으로 감당했던 폭력과 분노와 공포의 기억이 오래전 일인 듯 빠르게 멀어지고 있다. 꿈이었을까. 옆자리 성이연은 내내 말이 없다. 잠든 것은 아니다. 두 손을 허벅지 사이에 모은 채 차창 밖 어둠만 묵묵히 주시하고 있다. 살짝만 건드려도 푸수수 스러질 것 같은 기색. 지금 어떤 종류의 번뇌에 사로잡혀 있건, 그로부터 도망칠 길은 따로 당분간 없을 것이다. 길게 뻗은 고속도로의 어둠처럼 침묵이 이어지고 있다. 외진 산길에서 낯선 사람을 태웠다 한들 이보다 더 어색하지는 않으리라.

아침. 눈 뜨고 보니 8시 50분이었다. 비좁은 모텔 방 안에는 방향제 냄새가 토할 듯 지독했다. 속옷에도 헝클어진 머리칼에도 온통 그 냄새가 배어 있는 것 같았다.

더블침대 옆자리가 비어 있다. 빈자리로 인해 지난 새벽의 기억들이 무참히 되살아난다. 빌어먹을. 의뢰인과 자다니. 하필 의뢰인과. 서너 가지 불확실한 감정들이 묵직하게 어깨를 짓눌렀다. 이를테면 후회스러웠던가? 그건 확실치 않다. 후회라 해도 그 단어의 일반적인 의미와는 같지 않았을 것이다. 술 취해 낯선 거리의 숙박업소에서 하룻밤을 신세지는 게 처음은 아니다. 술 취해 낯선 사람과 하룻밤을 보내는 일 또한 처음은 아니었다. 어쨌거나 저지르기보다는 피해가는 편이 여러모로 나았을 상황. 그런데 언제 떠난 것일까. 새벽에? 이른 아침에? 어째서 자는 사람을 깨우지 않고 그냥 갔을까. 불편했다. 나일론 끈에 친친 묶인 손목처럼, 마음이 여간 불편하지 않았다. 일회용 칫솔과 치약으로 텁텁한 입 안을 닦아내며 진지하게 고민했다.

전화를 걸어볼까. 짧은 문자를 보내볼까.

아니야, 그러지 않는 편이 낫겠어.

전날의 양말을 꿰어 신고 모텔 밖으로 나섰다. 한남동 고가도로 아랫동네. 주유소 뒤편. 간밤에 눈이 내렸던가. 아침 날씨는 여전히 매서웠고 길바닥에는 성에 같은 것이 얇게 덮여 있었다. 낯선 거리에서 하룻밤을 보낸 다음 날, 익숙하던 시공간이 서너 뼘 정도 뒤틀어진 듯한 생경함 속에서 숙박업소를 나서던 많은 나날들을 잠깐 떠올린다. 문 닫은 맥줏집 간판과 공인중개사 사무소를 지나, 편의점으로 이어지는 삼거리 길목에 잠깐 멈춰 섰다. 그리고 등 뒤를 돌아보았다. 한두 시간 전, 아마도 그때쯤, 모텔의 검은 유리문을 밀고 나온 여자가 홀로 이 골목길을 걸어갔을 것이다. 하얀 목도리로 얼굴을 가리고, 빨간 에나멜부츠 구두 굽으로 또각또각 소리의 흔적을 남기며. 그러다가 여기쯤에서 잠깐 걸음을 멈추고, 지금의 차연처럼, 등 뒤를 한 차례 돌아보았을 것이다. 굳게 닫힌 유리문 언저리를. 여자는 왜 갑자기 이태원을 가자고 했을까. 어째서 갈현동이 아니라 이태원이었을까.

눈꺼풀이 뻑뻑했다. 무거운 졸음이 쏟아졌다. 운전대 잡은 손에 힘이 자꾸 빠지고 있다. 전날 새벽을, 그 전날 새벽 잠을 연속으로 설쳤다. 나쁜 꿈이 돌아올까 다시 잠들지 못하고 연 이틀 뜬눈으로 아침을 맞았다. 낮잠도 한숨 못 잤다. 그리고는 사흘째 무시무시한 새벽을 뜬눈으로 지새우는 중이다. 창문을 가득 열고 세찬 밤바람을 맞았다. 너무 졸려 속이 메슥거렸다. 머릿속에 얇고 불투명한 막이 낀 것 같았다. 졸음운전. 졸음운전. 1킬로미터 앞 이천휴게소를 알리는 간판이 스쳐지나갔다. 한가롭게 휴게소를 들를 상황은 아니지만 어쩔 수 없었다.

"조금 쉬었다 가죠. 괜찮지요?"

온돌방에 바싹 마른 수건 같은 목소리에, 성이연이 고개 돌려 차연을 바라보았다. 그리고 나직이 중얼거렸다. 처음이었다.

"……많이 피곤하신가 봐요."

"조금 그러네요."

피곤하다마다요. 며칠 밤을 설쳤거든요. 당신 덕분에. 새벽 깊은 휴게소는 어두웠고 주차된 차들은 많지 않았다. 식당 출입구 부근에 차를 세웠다. 식당은 문을 닫았고 옥수수와 호떡을 파는 매점 불빛 아래, 울긋불긋 등산복을 입은 사람 몇이 보였다. 눈이 절로 감겼다. 어질어질 몰려드는 잠기운. 허벅지에 마취 총을 맞은 코끼리가 아마 이런 기분일 거야. 좌석을 있는 대로 젖히고 벌렁 몸을 뉘었다.

"잠깐 눈 좀 붙일게요. 십 분만 있다가 깨워줘요."

"화장실 가도 되나요?"

지금이란 상황과 자신의 역할을 생각한다면, 최소한 화장실 앞까지 쫓아가서 여자를 기다려야 할 터였다.

"빨리 다녀와요. 혹시라도 무슨 일 생기면 소리를 질러요. 주변 사람들을 향해서 사람 살리라고 외쳐요. 알았죠?"

"염려 마세요."

눈꺼풀이 젖은 빨래보다 무거웠다. 잔등이 시트 속으로 조금씩 녹아들었다. 의식이 빠르게 엷어졌다. 죽는다면 그 순간이 이러할까. 병에도 걸리지 않고 어디 다치지도 않고 편하게 임종을 맞는다면, 그 순간 이렇게나 달콤하고 안락한 무아에 빠져들까. 저 멀리 밝고 찬란한 빛을 향해 길고 어둔 통로를 한참 걸어가다, 생의 마지막 풍경이 눈앞에 까무룩 펼쳐지는 것일까. 깊고 먼 바다. 포효하는 바다. 폭풍이 휘몰아치는 밤바다가.

그러나 달콤한 잠은 오래 가지 못했다.

톡톡.

누군가 차창을 두드리고 있다. 꿈인가? 꿈인가?

톡톡톡.

꿈틀, 경련하며 잠깨었다. 그리고 다급하게 운전대를 잡았다. 순간적으로 졸음운전이라 착각했던 것이다. 시속 100

킬로미터로 달리는 고속도로에서 깜빡 일 초를 존다면, 자동차는 운전자 없는 상태에서 무려 84미터 거리를 달려가는 셈이라고 했다. 말도 안 돼.

톡톡.

창 밖에서 기웃기웃 안쪽을 들여다보는 사람. 하얀 와이셔츠 남자였다. 기겁한 차연이 차 밖으로 튀어나왔다.

"맙소사. 언제 따라온 건가요?"

"……지금 뭐하고 계시는 겁니까. 빨리 올라가지 않고."

"잠깐 눈 좀 붙였어요. 졸음이 너무 쏟아져서."

"성이연 씨는요."

"화장실 갔어요. 아니 그런데."

밤 깊은 휴게소 주차장. 관광버스 한 대가 크게 몸을 틀더니 저편 출구 쪽으로 미끄러져갔다.

"괜찮은 건가요? 얼굴이."

남자의 입가에 검은 핏자국이 엉겨 있다. 광대뼈 아래가 퍼렇게 부어올랐으며 와이셔츠에도 여기저기 시커먼 자국들이 낭자했다. 무자비한 구타의 흔적들.

"괜찮습니다. 저는 괜찮습니다."

"세상에. 그 사람들 정말 안 되겠네."

"성이연 씨 어디 있습니까."

"그 사람들 지금 여기 있나요? 쫓아온 거예요?"

"그런 셈이죠. ……성이연 씨 찾아야 해요. 빨리."

"맙소사!"

남자는 걸음을 옮기는 것도 힘들어보였다. 고통스럽게 절룩이는 그를 부축해 어둔 주차장을 가로질렀다. 텅 빈 주차장은 광장처럼 넓었고 저편 화장실까지는 날이 밝을 때까지 다다르지 못할 먼 거리처럼 느껴졌다. 여자에게 이미 무슨 일이 생긴 것은 아니겠지. 제기랄. 이 판국에 한가하게 잠을 청했단 말인가. 하얀 와이셔츠가 차연의 손길을 뿌리쳤다. 꼬꾸라질 듯 비척비척 화단으로 가서 쓰러지듯 주저앉는다. 오른쪽 가슴 언저리에 손바닥을 대고 한참을 씨근덕거린다.

"……묻고 싶은 말이 있습니다."

차연이 다가왔다.

"구급차를 부를까요?"

"아뇨. 그러지 마세요."

"많이 다친 거 같은데."

"저는 괜찮습니다. 저는 문제가 아닙니다."

도리도리 고개를 젓는다.

"이건…… 차연 님과 성이연 님, 두 사람의 문제입니다."

"어떤 문제 말인가요."

"성이연 씨를, 책임질 수 있겠습니까."

휴게소로 진입한 청색 봉고차가 주차선 안에 스르륵 멈춰 서고, 저편 훤히 불 밝힌 주유소에서는 기름을 다 넣은 승용차 한 대가 찻길 저편 어둠으로 유유히 사라져간다. 남자가 거친 숨을 몰아쉬었다.

"성이연 씨를 위해, 그분을 위해."

"……"

"그분 대신 주, 죽을 수 있겠습니까."

"뭐라고요?"

제대로 못 알아들은 차연이 귀를 가져갔다. 그러자 남자가 차연의 품에 왈칵 쓰러졌다. 아니다 왈칵 쓰러지듯 뭔가를 불쑥 내밀었다. 어스름 속에 희푸른 빛이 반짝였던 것 같다. 아랫배에 차갑고도 뜨끈한 감촉이 묵직하게 쑤셔 박혔다. 헉, 숨이 막혔다. 난생 처음 겪는 통증이었다.

"미안합니다. 정말 미안합니다."

남자가 격정적으로 속삭였다. 차연이 엉거주춤 몸을 일으켰다. 어어. 어어. 쓰러질 듯 뒷걸음쳤다. 아랫배에 박힌 칼자루가 살아 있는 물건처럼 몸 밖으로 쏟아진 장기의 일부처럼 꿈틀거렸다. 그러나 빼낼 엄두가 나지 않았다. 찐득찐득한 피가 두 손을 잔뜩 더럽혔다. 그럴 계절이 아니건만 오싹한 한기가 잔등을 훑었다. 춥구나. 남자가 한 걸음 다가왔다. 울음을 터뜨릴 것 같은 얼굴이다.

"어쩔 수 없었습니다. 저를 용서하지 마세요."

"이게…… 이게……."

"하지만 모든 건 차연 님이 선택한 일입니다. 그렇지 않은가요."

등 뒤에서 다급한 발소리들이 가까워지고 있다. 여기야! 찾았다! 한두 사람이 아니다. 이편으로 다급히 뛰어오고 있다. 그 사람들일 것이다. 의식이 뿌옇게 흐려지고 있다. 애초에 내가 선택한 것은 무엇일까. 미처 선택 못한 일은 또 무엇이었을까. 결국은 이렇게 끝나고 마는 것일까.

누군가 어깨를 흔들고 있다.

눈을 떴다.

아반떼 안. 잔뜩 젖혀진 의자 등받이.

옆자리 성이연이 무심히 차연을 내려다보고 있다.

"괜찮으세요?"

악몽. 악몽. 또 악몽. 빌어먹을. 사흘 밤을 내내 지옥 같은 꿈에 시달리다니! 벌떡 일어나 앉았다. 손바닥으로 세차게 얼굴을 비볐다.

"……내가 얼마나 잤나요."

"글쎄요, 십 분 정도."

"아아. 아아아."

"나쁜 꿈을 꾸시는 것 같던데."

"잠꼬대 하던가요?"

"아뇨. 미간을 잔뜩 찌푸리고 입술을 달싹달싹. 제가 그런 건 좀 알거든요."

"뭐를요."

"나쁜 꿈. 한시라도 빨리 깨고 싶은 꿈. 하지만 자기 의지로는 아무리 애써도 깰 수 없는 꿈."

어둠 속에서 성이연이 어깨를 으쓱, 해보였다.

"그래서…… 십 분 뒤에 깨우라고 했잖아요."

새벽 깊은 고속도로를 다시 달렸다. 하남과 구리를 지나 북부간선도로에서 갈현동까지. 내비게이션의 정보로는 채 70킬로미터도 남지 않았다. 선잠 탓에 깨질 듯 머리가 아팠다. 짧은 꿈속 섬뜩한 장면들이 내내 머릿속에서 지워지지 않았다.

감금되었던 차연이 성이연과 함께 도주한 사실이, 지금쯤 그곳을 세 번쯤 뒤집어놓았을 것이다. 험악하고 살벌한 그곳 분위기가 손에 잡힐 것만 같았다. 괜찮을까. 원형은 괜찮을까. 하얀 와이셔츠 남자는. 베이시스트 조안은. 그들에게 아무 일도 없으리라 믿는다면 그게 오히려 무책임하고 대책 없는 노릇이겠지. 묵직한 걱정 근심이 종양덩어리처럼 명치께에 뻐근하게 뭉쳤다. 원형을 놓고 오는 게 아니었는데. 아무리 심리적으로 쫓기는 상황이라 해도 그렇지, 판단력을 어디에 놓고 왔단 말인가. 한 사람을 살리겠다고 다른 사람을 버려놓다니. 한 사람을 위험 속에 몰아넣고 다른 사람과 몰래 도망치다니.

전화를 걸어볼까. 짧은 문자를 보내볼까.

아니야, 그러지 않는 편이 낫겠어.

아무 어려움 없이 전화를 받거나 문자를 확인할 수 있는 상황일지 아닐지, 그게 확실치 않았다. 만일 그렇지 않다면, 전화벨 소리나 문자로 인해 더 큰 위험에 빠질지도 모르는 일이다. 빌어먹을. 답답한 마음에 운전대를 두드렸다. 탁탁. 성이연이 창밖을 향해 웅얼거렸다.

"그때, 조금 놀랐어요."

"언제 말인가요."

"언니한테 그 이름을 처음 들었을 때."

언니가 누구를 지칭하는 것인지, 얼른 알아챌 수 없었다.

"아."

원형을 처음 만난 날. 아니 그 다음날 아침.

"나도 놀랐어요. 아니, 의아했지요. 애위사를 아는 사람이 도대체 누굴까."

"……."

"그래, 나에 대해 뭐라고 하던가요."

"별다른 말 안 했어요. 애위사의 차연이라는 사람 아느냐. 안다. 어떻게 아느냐. 그냥 안다."

"……."

"조금 웃겼어요. 하도 뜻밖이라 놀랍기도 했지만."

"결국 이렇게 다시 만나리라는, 그런 예감은 들지 않던가요."

"반대였죠."

"반대?"

"아 그 사람. 그런 사람이 있었지. 다시 만날 일은 없겠네. 죽기 전에 다시 만날 일은."

밤은 깊고 목적지에는 다 와 가는데, 예상 못한 허방에 풀썩 빠져드는 기분.

"그러니까 세상, 참 모르는 거예요. 그죠?"

20   까마득한
            외계에서
            보내오는
            신호

"들어가요."

갈현동 언덕길. 석광사 향하는 계단 어름에 비스듬히 돌아선 4층짜리 다세대주택 앞. 새벽은 아직 깊다. 두 사람이 마주보고 섰다. 누군가 팔을 뻗으면 손끝에 상대방이 닿을 거리다. 멀리서 오토바이 지나가는 소리가 길게 이어졌다. 여자는 쉬 몸을 돌릴 기색이 아니다. 지척에 돌아갈 집이 있다는 것을 잠시 잊은 사람 같다.

"같이 있어줄까요? 날 밝을 때까지."

살래살래 도리질. 찐득한 피곤이 몰려들었다. 가방끈을 두 손에 말아 쥐고 시무룩이 신발 끝만 바라보는 여자에게,

두 걸음을 다가간다. 팔을 벌려 가만 안아준다. 얇은 어깻죽지를 토닥토닥 두드린다. 기억해요. 오늘, 아무 일도 없었던 거예요. 그 점이 무엇보다 중요하지요. 귓가에 대고 작게 속삭인다. 팔을 뻗으면 손끝이 닿을 거리에 마주선 채 일련의 동작들을 잠깐 상상한다. 헤어지는 일은 만나는 일과 꼭 빼닮았다. 당최 쉬운 구석이 없다.

"······먼저 가세요."

여자가 중얼거린다. 낡은 카세트테이프에서 재생되는 목소리 같다.

"가라고요. 들어가는 거 보고 가게."

언덕길 아래, 불빛이 나타났다. 전조등 희푸른 불빛이 넘실넘실 어둠을 헤치며 다가온다. 검은색 세단이다. 두 사람이 마주선 골목 초입에 스르륵 멈추어 선다. 차 안에서 사람들이 바삐 쏟아져 나왔다. 젊은 남녀다. 남자의 팔짱을 낀 여자가 높고 밝은 웃음을 뱉어낸다. 그들의 발소리가 길 건너편 연립주택 현관으로 또각또각 사라진다. 새벽은 아직 깊다. 날이 밝을 때까지 내내 이렇게 서 있을 수는 없다.

"전화할 겁니다."

그러자 슬그머니 고개를 쳐든다.

"전화?"

"전화, 매일 할 거예요. 잘 살고 있는지."

"……."

"내 번호 이제 알죠? 제대로 받아요. 그러는 게 좋을 거예요."

"전화를, 언제."

"모르지요. 언제가 될지. 낮에 할지 저녁에 할지. 아침 일찍부터 전화를 걸 수도 있고 밤늦게 걸 수도 있고. 그러니 딴짓 하지 말고 잘 받아요. 비상대기하듯 늘 긴장 풀지 말고. 알았어요?"

길을 찾은 기분이다. 지난 며칠 여자를 찾아 숨은 기억을 쫓아 새벽잠 설쳤던, 지극히 모호하지만 그럼에도 계속해서 헤맬 수밖에 없었던 숲길의 줄기를, 그제야.

"이유 같은 거 필요 없어요. 변명할 생각도 마요. 어떤 이유에서건 저번처럼 전화 씹었다간, 웅얼웅얼 다 죽어가는 목소리로 전화 받았다간, 당장 119에 신고한 다음에 쫓아갈 거예요. 농담 아니에요."

"어디로 쫓아올 건가요. 회사로?"

"그건."

말문이 잠깐 막힌다. 성이연이 배시시 웃었다.

"알았어요. 전화 잘 받을게요."

"제발 그래요. 그러는 게 좋을 거예요."

이제 저 아반떼를 몰고 다시 새벽길을 달려야 한다. 신림동 스타빌 주차장에 차를 갖다놓고 거기 밤새 세워둔, 아마도 4만 원짜리 불법주차경고 딱지가 붙어 있을 차를 몰고 나와야 한다. 그러고는 아침까지 잠시나마 눈 붙일 시간이 있을까.

"그런데 그거, 애위사와 관계된 일인가요."

"뭐요, 전화? 천만에요."

두어 시간 후면 날이 밝을 것이다. 길었던 하루가 끝나고 변함없는 하루가 다시.

"회사 사람들은 전혀 모르는 일이에요. 내가 이러고 다니는 거 알면 뭐라고 할지, 아이고 궁금하지도 않네."

성이연 씨를 위해, 그분을 위해. 대신 주, 죽을 수 있겠습니까.

"그러니 성이연 씨도 전화해요."

"전화? 내가요?"

"그래요. 필요하면, 뭔가 할 말이 있으면, 언제라도 좋으니까."

고개를 끄덕인다. 너무 걱정 말아요. 다 잘 될 거에요. 더 나빠질 일도 없잖아요. 그렇게 최면을 거는 것 같다.

"요컨대 신변에 어떤 위협 같은 거…… 아참! 그 사람들이 또 접근하면, 그때도 당장 전화해요. 알았죠?"

다시 고개를 끄덕끄덕.

"원형 씨가 연락을 해와도 마찬가지예요. 그 남자 분, 하얀 와이셔츠 입은 사람도 그렇고."

"……주홍민 씨 말인가요."

"누구?"

귀에 익은 이름은 아니다. 그러나 아주 설지도 않다. 머릿속에서 바람이 불기 시작했다.

"기억 안 나세요?"

"…….."

"청평대교에서 같이 뛰어내린 사람들. 그 아저씨."

"그분이."

"죽은 게 아니었어요. 삼 개월쯤 지나서였나, 갑자기 연락이 왔더라고요. 얼마나 놀랐던지."

"어."

"하늘회를 소개해준 것도 그분이었지요."

전화가 울었다. 그 소리가 아프게 신경을 파고든다.

바지 주머니에서 핸드폰을 꺼냈다. 원형에게서 온 전화다. 적어도 전화기에는 그렇게 표시되어 있다. 애타게 울어대는 전화를, 망연히 들여다보았다.

누굴까. 원형일 수도 있고 원형이 아닐 수도 있다. 그들의 손아귀에서 가까스로 벗어난 원형이 부랴부랴 전화를 걸어온 것일 수도 있다. 영화적인 상상력을 발휘하자면, 의자에 묶인 원형의 귓가에 그들이 강제로 전화기를 들이대고 있는지도 모른다. 성가시게 울어대는 벨소리. 난감한 노릇이었다. 전화기를 귀에 가져갔다. 수화기 저편에서 다급한 목소리가 쏟아졌다.

—여보세요, 차연?

차연은 대답을 못했다. 그 목소리가 누구의 것인지 얼른 알아들을 수 없었다. 이상한 노릇이지만, 그 목소리로부터 원형 아닌 성이연을 문득 떠올리고 만다. 새벽 깊은 골목길. 팔을 뻗으면 손끝이 닿을 거리에 마주선 성이연이 아니다. 삼 년 전 겨울, 한남동 낯선 모텔에서 헤어졌던 이른 아침의 성이연이었다.

—여보세요. 안 들려요?

원형의 목소리였다. 그런 것 같았다. 아마도 그럴 터였다. 아니다 원형을 흉내 낸 다른 사람인 것 같았다. 그럴지도 몰랐다. 원형이 아니라면, 대체 누가 이런 시간에 전화를 걸어 애타게 차연을 찾는 것인지, 그 저의를 의심할 일이다. 원형이 맞는다면, 가까스로 그들의 손아귀에서 놓여난 것인지 아직 그들에게 붙들려 있는 상태인지 여전히 알 수 없는 일이다. 선화를 걸까 문자를 해볼까 망설였던 대상이지만, 내내 조마조마 기다렸던 전화지만, 그래서 뭐라 대꾸할 말조차 찾을 수 없었다. 전화기를 귀에 댄 채 어정쩡히 굳어 있는 차연을, 원형이 의아하게 지켜본다. 아니다 원형이 아니라 성이연이. 전화기 저편에서 누군가 다시 차연을 불렀다. 아마추어 무선통신 기기에 치직거리며 잡히는, 까마득한 외계에서 먼 시간을 거슬러 보내오는 신호.

─여보세요. ……여보세요!

끝은 없다. 홀로 흔적만이 오래도록 살아남는다. 기억이 끝나는 지점에 새로운 기억이 비밀하게 시작되고 있다.
바람이 불었다.
먼 바다에서 불어오는 바람이었다.

비로소 나는 안녕합니다,
당신들 덕분에

2011년 《사랑, 그 녀석》 이후 삼 년 만의 장편소설이고 작가의 말을 빙자한 삼 년 만의 인사다.*

신간 소식을 알리지 못하고 여러 해를 보낸다는 건 이른바 소설가에게 더없이 심란하고 마음 불편한 일이다. 내 작품을 애타게 기다리는 익명의 독자들이 어딘가에서 숨어 울고 있다고 허투루 상상해보자면 더욱 그렇다. 그간 바빠서

---

* 2013년 6월 출간한 《세상 끝에서 온 아이》(이른아침 출판사)를 제외한다면 그렇다. 초등학교 6학년 여자아이가 1980년대에서 날아온 우주여행자 외삼촌과 꾸꾸루꾸꾸라는 외계인을 만나는, 초등학교 6학년이던 딸내미를 위해 쓴 장편 동화였다.

마음이 떠나서 집필 시간을 못 내거나 게을리 한 적은 별로 없었다고 믿는다. 당신이 그랬듯 많은 일들이 내게도 있었다. 이 책이야말로 그 피할 수 없는 증거다. 십 년 살던 경기도 광주에서 초고의 3분의 2를 쓰고, 북한산 자락 아래 작은 아파트로 이사 와 나머지 작업과 더불어 수차례의 퇴고를 완성한 일곱 번째 장편소설이.

소설가의 삶이란 늘 남성용정조대를 찬 떠돌이 생활자(《여관》)의, 허벅지만두를 파는 분식점 사장(《왼쪽 손목이 시릴 때》)의, 1990년대 어리보기 대학생(《사랑 그 녀석》)의, 우주여행을 떠나는 목사(《변신》)의, 혁명을 꿈꾸는 유전자복제 합성인간(《영광전당포 살인사건》)의 삶을 그들 대신 겪고 느끼고 살아가는 일이었다. 더불어 그 슬프고 이상한 존재의 껍데기를 가까스로 벗겨내고는 허탈한 여운을 오래도록 즐기는 일이었다. 이 책을 위해 지난 삼 년 내내 슬픔장애재활 도우미가 되고 자살중독자가 되어 말하고 생각하고 행동하며 살아왔다고 할 수야 없겠지만 글을 생각하고 쓰고 고치는 적지 않은 시간 동안만큼은 그 비슷한 운명을 살아가야 했다. 지나간 모든 시간들에게 두 손 모아 경의를 표한다.

《슬픔장애재활클리닉》은 2007년부터 구상하고 준비해온 이른바 '종교-죽음-전쟁' 연작의 두 번째 편에 해당한다. 소멸의 단단한 숙명 앞에 저항하는 성이연은 다만 무모했고 기억장애자 차연의 '나 아닌 남을 위한' 고군분투는 믿음직 하다기보다 애처로웠으며 무엇보다 성이연을 꼭 닮은—성이 연이 꼭 닮은 원형이 작품 말미에 급기야 자신의 자리를 성 이연에게 내주고 전화 저편 먼 목소리로 사라져가는 기억의 엇갈림은 종말론자들의 원형질 구호처럼 아뜩할 따름이라 작가로서도 가슴 아프다. 어쨌거나 작품으로서 세상 속 새 로운 담론의 길을 밝히 제시하는 작업은 작가뿐 아니라 독 자들의 몫이기도 하다. 작품 속에서 무엇을 보건 느꼈건 깨 달았건 그것은 당신의 자유요, 그 이전에 비로소 당신이 이 루어낸 이 작품의 궁극적인 의미다. 뻔뻔하기 이를 데 없는 핑계는 이것으로 얼렁뚱땅 끝.

사람들은 누구나 소설 쓴다. 소설가건 아니건 의식하건 그렇지 않건 누구나 끊임없이 이 지난한 작업을 견딘다. 그 렇게 태어나는 세상의 수많은 소설들은 새로운 사람들과의 새로운 만남들을 가능케 하는 놀라운 매개체로 작용한다. 일찍이 어느 빌어먹을 작가의 말 가운데 하나를 빌어 소설은 사람을 만나러 가는 길, 이라고 밝힌 적이 있거니와 나 역시 내가 쓴 소설을 통해 과연 그것이 아니었더라면 가능하지 않았을 많은 인연들을 환히 밝히곤 했다. 드물게는 내 작품을 선택해준 독자였으며 흔하게는 출판 편집자들과 언론사 기자들부터 그 밖에도 소설을 매개 삼아서 멀리서 가까이에서 여하한 방식으로건 관계 맺은 된 사람들이 적지 않았다.

요컨대 2012년 2월 23일(기록을 찾아보니 목요일) 오후 9시 2분, 하는 식이다. 트위터에 이렇게 끼적인 적이 있다. '이상하다. 가슴이 왜 이렇게 답답하지? 답답하고 답답해. 지금 어딘가 날 그리워하는 사람이 있나봐.' 어떤 상황이었는지는 기억나지 않는다. 저녁이었고 아파트단지 뒤편으로 창이 난 서재였을 것이다. 페이스북보다 트위터와 더 친하게 지내던 때였으며 트윗 내용처럼 뱃속인지 가슴인지가 이상하도록 답답했을 터였다. 그리고 한 시간 만인 10시 1분, 누군가 리트윗을 보냈다. 그 얼마 전《사랑, 그 녀석》출간 행사를 통해 알게 된 이였다.

이문세의 〈사랑이란 기억보다〉. 갑자기 그 노래가 떠오르네요!

트위터를 통한 대화는 그날 밤 서너 차례 더 오고갔다. 내가 갑자기 가슴이 아픈 건 그대 내 생각 하고 계신 거죠, 로 시작하는, 정확한 제목이 〈기억이란 사랑보다〉인, 그녀의 표현대로라면 비교적 덜 알려진 이문세의 노래를 알게 된 것이 바로 그날 밤이었다. 그리고는 며칠 뒤, 새로 만난 사랑을 널리 고백하듯, 나는 트위터에 이렇게 밝혔다. '일곱 번째 장편소설의 작은 등뼈 한 줄기를 드디어 붙잡다. 고마워요 이영훈 님. 고마워요 이문세 님. 고마워요 조×정 님.' 소설가의 소설이란, 더러는 이렇게 시작되기도 한다.

작품 속 요절가수 서지후와 그의 노래 〈기억이란 사랑보다〉에 대해서는 짧은 사연 하나가 더 남아 있다. 2013년 7월, 경상북도 청도의 어느 식당이었다. 밤 9시가 가까운 시골 마을의 외진 식당은 그곳에 모인 1970년대 포크가수와 성악가, 마술사와 개그맨과 무대연출가, 애니메이션 감독과 연극배우와 오지여행가와 출판사 대표 등으로 인해 경건하고도 신비로운 분위기를 사뭇 연출하고 있었다. 조금만 노력하면 전생의 기억이 여름꽃 냄새처럼 떠오를 것만 같던 그날 밤, 처음으로 그를 만났다. 그는 언론에 농담처럼 비쳐진 내용과 달리 얼굴이 길지도 않았고 말처럼 생기지도 않았었다. 청년처럼 밝은 표정에서는 다만 긍정적고 온화한 에너지가 넘쳐났다. 그래서 용기 내어 접근할 수 있었다. 안녕하세요. 소설 쓰는 한차현이라고 합니다. 꼭 드릴 말씀이 있어서요.

새로 쓰고 있는 소설 속에 〈기억이란 사랑보다〉가 중요한 모티브로서 몇 차례 등장한다는 내용을 어떤 식으로 설명하고 허락을 구했는지 기억이 확실치 않다. 평균치보다 월등히 떨어지는 내 언변에 비추어 변변찮은 이야기의 절반이나 전달되었을까 걱정스러울 따름. 다행히도 그는 이러한 반응으로 내 걱정을 덜어주었다.

소설이라니 뭐 문제될 거 없겠지요. 잘 좀 써주세요.

소설가의 소설이란, 다시 한 번, 더러 이렇게 시작되기도 한다. 새로운 사람(들)과의 새로운 만남과 함께. 만남의 인연은 헤어짐의 인연이다. 소설을 통해서만 가능했던 수많은 만남들에 대해서처럼 수많은 헤어짐에 대해서도 수많은 기억들을 가지고 있다. 새로운 만남만큼이나 지난 만남들에 대해 궁리하는 밤과 낮이 많아진 이즈음에 와서는 더욱 그러하다.

따라서 내가 살아오고 글 써온 길이란, 더 내세울 것도 없이 셰익스피어 식으로 말해, 내가 알고 나를 아는 이들의 존재로부터 드리워진 그림자에 다름 아닌 것이니.

원고를 넘기고 작가의 말을 정리하던 즈음, 문득 생각이 나서, 〈기억이란 사랑보다〉를 소개받았던 트위터를 이 년여 만에 다시 찾았다. 덕분에 작년 12월에 결혼을 했으며 제주도로 신혼여행을 다녀왔다는 등의 새로운 소식을 접하게 되었다. 축하의 인사를 남기고 내 소식을 전했다. 그리고 끊임이란 있을 수 없는 인연들에 대해 잠깐 생각해보았다.

이번 소설*을 준비하면서 가장 많은 이야기를 나누었던 할아버지가 작년 10월 하늘나라로 떠나셨다. 책이 나오면 가장 먼저 안산 선산으로 찾아갈 것이다. 이즈음 할아버지는 예전보다 더 많은 것을 알고 계시리라 믿는다. 그게 뭔지 아직은 모르지만, 그리하여 당신께 이 책을 바친다. 나고 살고 죽는 행사로도 영 끝나지 않을 인연에 다시 환한 불을 밝힌다.

* 대중적 인기나 문학적인 성취와는 별개로, 제 이름 내건 소설책을 열 권 정도 써낸 소설가는 마치 월간지 편집장이라도 된다는 듯 이따위 웃기는 표현을 쓰기도 하는 것이다.

간만에 작가의 말을 쓰며 여지없이 사설이 길어졌다. 통고쳐지지 않는 버릇이다. 작가의 말들만 따로 묶어 책 한 권을 엮는 상상을 해본다. 웬만한 책 꼴이 나려면 장차 얼마만한 세월을 이 지긋지긋한 즐거움과 함께 사무쳐야 할 일인지 더불어 꼽아본다. 조만간 여덟 번째 장편소설을 통해 다시 찾아뵙겠다. 화려한 가면 뒤에 숨은 사람들, 그리고 불쌍한 사육 좀비들과 함께.

2014년 4월

북한산에서